COLLECTION FOLIO

Roald Dahl

L'homme au parapluie

et autres nouvelles

Traduit de l'anglais
par Alain Delahaye

Gallimard

Titres originaux :

THE UMBRELLA MAN – Mr. BOTIBOL –
VENGEANCE IS MINE INC. – THE BUTLER – extraits de
MORE TALES OF THE UNEXPECTED.
L'édition originale de l'ouvrage a été publiée par
Michael Joseph Ltd et Penguin Books.

Issu de parents norvégiens, Roald Dahl est né en 1916 au pays de Galles. En 1939, il s'engage dans la R.A.F., dont il est réformé en 1942, avec le grade de commandant. Il occupe ensuite divers postes à l'ambassade de Grande-Bretagne à Washington. C'est là qu'il commence à écrire des nouvelles humoristiques et fantastiques, *Bizarre ! Bizarre !* et *Kiss Kiss* et des contes pour enfants, qui l'ont rendu célèbre dans le monde entier. Roald Dahl est mort le 23 novembre 1990.

L'homme au parapluie

Je vais vous raconter une drôle d'histoire qui nous est arrivée hier, à ma mère et à moi. Je suis une petite fille et j'ai douze ans. Ma mère en a trente-quatre, mais je suis déjà presque aussi grande qu'elle.

Hier après-midi, ma mère m'a emmenée à Londres pour voir le dentiste. Il a découvert une carie dans une molaire inférieure, et il a effectué un plombage sans me faire trop de mal. Après cela, nous sommes entrées dans un café. J'ai eu droit à une belle *banana split,* avec beaucoup de crème glacée et de chantilly, et maman a bu une tasse de café. Quand nous nous sommes levées pour partir, il était aux alentours de six heures.

En sortant du café, nous nous sommes retrouvées sous une pluie battante. « Il faut que nous prenions un taxi », a déclaré ma mère. Nous ne portions qu'un manteau et un chapeau ordinaires, et il pleuvait vraiment très fort.

« Pourquoi ne pas retourner au café, en attendant que la pluie s'arrête ? » ai-je dit. J'avais bien envie d'une autre *banana split*. Elles étaient absolument délicieuses.

« Elle ne va pas s'arrêter, a répondu ma mère. Nous devons rentrer à la maison. »

Nous sommes donc restées à nous mouiller sur le trottoir, à la recherche d'un taxi. Il y en avait beaucoup qui passaient, mais ils étaient tous occupés. « Ah, si seulement nous avions une voiture avec chauffeur ! » s'est exclamée ma mère.

Juste à ce moment, un homme s'est approché de nous. Un petit bonhomme plutôt vieux, qui avait bien soixante-dix ans sinon plus. D'un geste courtois il a soulevé son chapeau, et il a dit à ma mère : « Pardonnez-moi, madame. J'espère que vous aurez la bonté de m'excuser... » Il avait une belle moustache blanche et des sourcils broussailleux de la même couleur, et son visage rose était tout ridé. Il s'abritait sous un parapluie qu'il tenait haut au-dessus de sa tête.

« Oui ? a fait ma mère, d'un ton très froid et distant.

– Je ne sais si je pourrais me permettre de vous demander un service, a-t-il repris. Il ne s'agit que d'un tout petit service. »

J'ai vu ma mère le dévisager alors d'un air méfiant. Il faut dire que maman est quelqu'un de très soupçonneux. Elle se méfie en particulier de deux choses : les hommes qu'elle ne connaît pas et les œufs à la coque. Quand elle coupe la partie supérieure d'un œuf à la coque, elle explore minutieusement l'intérieur en y plongeant sa petite cuiller, comme si elle s'attendait à y trouver une souris ou je ne sais quoi. Pour ce qui est des inconnus, elle s'en tient à une règle d'or qu'elle me répète souvent : « Plus l'homme paraît aimable et bien élevé, plus tu as intérêt à rester sur tes gardes. » Or, ce petit vieillard se montrait remarquablement bien élevé. Il était d'une grande politesse. Il s'exprimait en termes choisis. Il portait des vêtements élégants. C'était un vrai gentleman. Ça, je l'ai reconnu surtout à ses souliers. « Pour savoir si un homme est un gentleman, il suffit de regarder ses souliers », se plaisait à affirmer ma mère. Eh bien, ce monsieur avait de superbes souliers de cuir marron.

« Pour vous parler en toute franchise, disait le petit vieillard, il ne m'est jamais arrivé le moindre ennui de ce genre, mais en ce moment j'ai besoin d'aide. Oh, pas grand-chose, je vous assure. En fait, ce n'est presque rien, mais j'en ai réellement besoin. Voyez-vous, madame, les personnes âgées comme moi deviennent souvent terriblement distraites... »

Ma mère, le menton levé, le nez pincé, l'observait froidement de toute sa hauteur. C'est quelque chose d'effrayant, ce regard glacial et hautain dont ma mère est capable. La plupart des gens perdent complètement leurs moyens lorsqu'elle leur fait ce coup-là. Une fois j'ai même vu la directrice de mon école se mettre à bégayer et à faire des minauderies comme une idiote quand maman lui a décoché un de ces coups d'œil affreusement méchants. Mais le petit bonhomme debout sur le trottoir avec son parapluie n'a pas sourcillé. Avec un sourire exquis, il a continué : « Je vous prie de croire, madame, qu'il n'est pas dans mes habitudes d'aborder les dames au beau milieu de la rue pour leur raconter mes ennuis.

– J'espère bien que non », a répliqué ma mère.

Je me sentais extrêmement gênée par la brusquerie de son attitude. J'avais envie de lui dire : « Oh, maman, pour l'amour du ciel, c'est un très vieux monsieur, il est gentil et distingué, et il a sûrement un problème, alors arrête de le traiter comme un chien ! » Mais j'ai gardé le silence.

Le petit bonhomme a changé de main pour tenir son parapluie. « Jamais encore je ne l'ai oublié, a-t-il articulé.

– Oublié quoi ? a questionné sèchement ma mère.

– Mon portefeuille. J'ai dû le laisser dans mon autre veste. C'est vraiment stupide de ma part, vous ne trouvez pas ?

– Auriez-vous l'intention de me demander de l'argent ? a dit ma mère.

– Oh, que non, grands dieux ! s'est-il exclamé. Le ciel m'en préserve ! Pour rien au monde je ne ferais une chose pareille !

– Alors qu'est-ce que vous demandez ? a repris ma mère. Dépêchez-vous donc ! Nous serons bientôt trempées jusqu'aux os, à rester plantées là sous cette pluie !

– Je le sais bien, a-t-il dit. Et c'est pourquoi je vous propose mon parapluie pour vous abriter. Vous pourrez le garder définitivement, si... si seulement...

– Si seulement quoi ?

– Si seulement vous voulez bien me donner une livre en échange, afin que je puisse prendre un taxi pour rentrer chez moi. »

Ma mère se méfiait toujours. « Puisque vous n'aviez pas d'argent au départ, a-t-elle déclaré, comment êtes-vous arrivé ici ?

– Je suis venu à pied, a-t-il répondu. Chaque jour je fais une bonne promenade de plusieurs kilomètres, et j'accomplis le retour en taxi. C'est mon exercice quotidien, quel que soit le temps.

– Dans ce cas, pourquoi ne rentrez-vous pas chez vous à pied maintenant ? a demandé ma mère.

– Oh, j'aimerais pouvoir le faire, a-t-il dit. Sincèrement, j'aimerais beaucoup. Mais je ne pense pas que mes pauvres vieilles jambes me le permettraient. Je suis déjà allé trop loin. »

Ma mère s'est mordillé un moment la lèvre inférieure. Elle commençait à s'attendrir, je le voyais nettement. Et l'idée de se procurer ainsi un parapluie n'était sans doute pas pour lui déplaire.

« C'est un fort beau parapluie, a dit le petit bonhomme.

– Je l'ai remarqué, en effet.

– En popeline de soie, a-t-il ajouté.

– Je vois, je vois.

– Alors pourquoi ne le prenez-vous pas, madame ? Il m'a coûté plus de vingt livres, je vous en donne ma parole. Mais cela n'a aucune importance, du moment que je peux rentrer à la maison reposer mes pauvres vieilles jambes. »

J'ai vu la main de ma mère s'approcher du fermoir de son sac à main. Elle a senti que je l'observais. Je lui lançais un de mes propres regards froids et hautains cette fois, et elle savait exactement ce que je lui indiquais par là. Allons, écoute, maman, lui disais-je, tu n'as tout simplement *pas le droit* de profiter comme cela d'un vieillard à bout de forces. C'est vraiment trop moche. Ma mère s'est arrêtée et m'a regardée à son tour. Puis elle a dit au petit bonhomme : « Je crois qu'il ne serait pas tout à fait juste que je vous prenne un parapluie en soie d'une valeur de vingt livres. Je vais vous *donner* de l'argent pour votre taxi, et n'en parlons plus.

– Non, non, non ! s'est-il écrié. C'est hors de question ! Jamais de la vie ! En aucun cas je ne supporterais d'accepter ainsi de l'argent de vous ! Prenez le parapluie, chère madame, et mettez-vous vite à l'abri ! »

Ma mère m'a jeté triomphalement un regard

de côté. Et voilà, me disait-elle. Tu te trompais. Il *veut* me le donner.

Elle a plongé la main dans son sac et en a sorti un billet d'une livre. Elle l'a tendu au petit bonhomme, qui l'a pris et lui a remis le parapluie. Il a empoché le billet, a soulevé son chapeau en exécutant une rapide courbette, et a dit : « Merci, madame, merci. » Ensuite il est parti.

« Viens donc en dessous et sèche-toi un peu, ma chérie, a déclaré ma mère. Quelle chance, hein ? Jamais encore je n'avais eu de parapluie en soie. C'était trop luxueux pour moi.

– Pourquoi t'es-tu conduite de manière aussi abominable envers lui au début ? ai-je demandé.

– Je tenais à m'assurer que ce n'était pas un escroc, a-t-elle répondu. Et j'ai bien fait. C'était un gentleman. Je suis très contente d'avoir pu l'aider.

– Oui, maman, ai-je dit.

– Un *authentique* gentleman, a-t-elle poursuivi. Et riche, par-dessus le marché, autrement il n'aurait pas eu un parapluie en soie. Je ne serais pas surprise que ce soit un noble. Sir Harry Goldsworthy, ou quelque chose de ce genre.

– Oui, maman.

– A l'avenir, tu pourras suivre mon bon exemple, a-t-elle continué. Il ne faut jamais te hâter. Prends toujours largement ton temps pour savoir à qui tu as affaire. Comme cela, tu ne commettras pas d'erreurs.

– Tiens, le revoilà, ai-je dit. Regarde !

– Où ?

– Là-bas. Il traverse la rue. Mon Dieu, maman, comme il a l'air pressé ! »

Nous avons observé le petit bonhomme qui se faufilait avec agilité au milieu de la circulation. Quand il a atteint l'autre trottoir, il a tourné à gauche et s'est mis à marcher très vite.

« Il ne me paraît pas si fatigué que ça, qu'est-ce que tu en penses, maman ? »

Ma mère n'a pas répondu.

« Et il ne semble pas non plus tellement préoccupé de trouver un taxi », ai-je remarqué.

Ma mère, raide comme un piquet, regardait fixement notre petit bonhomme de l'autre côté de la rue. Nous pouvions le voir distinctement. Il avançait à toute allure. Avec une énergie formidable, il dépassait ou évitait les autres piétons, en balançant les bras comme un soldat qui marche au pas cadencé.

« Il a une idée en tête, a déclaré ma mère, le visage de marbre.

– Mais quoi ?

– Je n'en sais rien, a-t-elle dit d'un ton cassant. Mais je ne vais pas tarder à trouver. Viens avec moi. » Elle m'a pris le bras et nous avons traversé la rue ensemble. Puis nous avons tourné à gauche.

« Tu le vois ? a demandé ma mère.

– Oui. Il est là-bas. Il tourne à droite au prochain croisement. »

Arrivées au coin, nous avons tourné à droite à

notre tour. Le petit bonhomme se trouvait à une vingtaine de mètres devant nous. Il filait comme un lapin, et nous devions marcher très vite pour ne pas nous laisser distancer. La pluie tombait maintenant plus fort que jamais, et je la voyais dégouliner du bord de son chapeau sur ses épaules. Mais nous, nous étions bien au sec sous notre beau et grand parapluie en soie.

« Que diable peut-il bien manigancer ? a dit ma mère.

– Et si par hasard il se retourne et qu'il nous aperçoit ?

– Cela m'est parfaitement égal, a-t-elle répliqué. Il nous a menti. Il a affirmé qu'il était trop fatigué pour marcher encore, et le voilà qui nous force à courir comme des dératées ! Cet individu n'est qu'un menteur éhonté ! C'est un escroc !

– Tu veux dire que ce n'est *pas* un gentleman ni un noble ? ai-je demandé.

– Tais-toi ! » a-t-elle soufflé.

Au croisement suivant, le petit bonhomme a tourné de nouveau à droite.

Puis il a tourné à gauche.

Puis encore à droite.

« Je n'abandonnerai pas, a dit ma mère.

– Il a disparu ! me suis-je écriée. Où est-il passé ?

– Il est entré par cette porte ! a dit ma mère. Je l'ai vu ! Dans cette maison ! Grands dieux, mais c'est un pub ! »

C'était effectivement un pub. Il y avait à la devanture une enseigne en grosses lettres qui disait AU LION ROUGE.

« Tu ne vas pas entrer, n'est-ce pas, maman ?

– Non, a-t-elle répondu. Nous regarderons de l'extérieur. »

Un long vitrage transparent occupait presque toute la façade du pub, et bien qu'il y eût un peu de buée du côté intérieur, nous pouvions très bien voir à travers en nous approchant.

Nous sommes restées serrées l'une contre l'autre près de cette fenêtre. Je tenais le bras de ma mère. De grosses gouttes tombaient sur notre parapluie avec un bruit retentissant.

« Le voilà, ai-je dit. Là-bas. »

La salle que nous scrutions des yeux était pleine de monde et de fumée de cigarettes, et notre petit bonhomme semblait à son aise dans cette atmosphère. Il avait à présent enlevé son manteau et son chapeau, et il se frayait un chemin parmi la foule en direction du comptoir. Parvenu à destination, il a placé les deux mains sur le bois verni et adressé quelques mots au barman. J'ai vu ses lèvres remuer quand il a commandé sa consommation. Le barman s'est éloigné pendant quelques secondes, et il est revenu avec un petit verre rempli à ras bord d'un liquide de couleur ambrée. Le petit bonhomme a déposé un billet d'une livre sur le comptoir.

« Mais c'est ma livre, ça ! a sifflé ma mère. Ah, mince alors, il a un sacré culot !

– Qu'est-ce qu'il y a dans son verre ? ai-je demandé.

– Du whisky, a-t-elle dit. Du whisky pur.

Le barman ne lui a rendu aucune monnaie sur son billet d'une livre.

« Ce doit être un triple whisky, a déclaré ma mère.

– C'est quoi, un triple ?

– Trois fois la dose normale. »

Le petit bonhomme a soulevé le verre et l'a porté à ses lèvres. Il l'a incliné doucement, puis plus haut... plus haut... encore plus haut... et bientôt tout le whisky a disparu au fond de sa gorge d'un seul coup.

« Eh bien, voilà un rafraîchissement qui lui a coûté rudement cher, ai-je dit.

– C'est ridicule ! a renchéri ma mère. Imagine un peu : payer une livre pour quelque chose qu'on avale d'un trait !

– Ça lui a coûté plus d'une livre, ai-je observé. Ça lui a coûté un beau parapluie en soie qui vaut au moins vingt livres.

– Exactement, a dit ma mère. Il doit être fou ! »

Le petit bonhomme, toujours debout au comptoir, tenait à la main son verre vide. Il souriait à présent, et son visage rose et rond semblait littéralement rayonner de plaisir. J'ai vu sa langue sortir de sa bouche pour lécher sa moustache blanche, comme s'il cherchait à récupérer jusqu'à la dernière goutte de ce précieux whisky.

Lentement, il s'est écarté du comptoir et s'est faufilé à travers la foule en direction de l'endroit où son chapeau et son manteau étaient accrochés. Il a mis son chapeau. Il a mis son manteau. Puis, d'un geste si superbement calme et décontracté qu'on ne pouvait pour ainsi dire pas le remarquer, il a pris dans le porte-parapluies l'un des nombreux parapluies mouillés qui s'y trouvaient, et il s'est dirigé vers la porte.

« Tu as vu ça ! s'est écriée ma mère d'une voix stridente. Tu as vu ce qu'il a fait !

– Chut ! ai-je murmuré. Le voilà qui sort ! »

Nous avons incliné le parapluie pour dissimuler nos visages, tout en l'épiant à la dérobée par en dessous.

Il a franchi la porte, mais sans même jeter un regard de notre côté. Il a ouvert son nouveau parapluie au-dessus de sa tête, et s'est éloigné précipitamment dans la direction d'où il était arrivé.

« Voilà donc à quoi rime son petit manège ! a dit ma mère.

– Rudement bien imaginé, ai-je répondu. Un truc extra ! »

Nous l'avons suivi jusqu'à la grande artère où nous l'avions rencontré, et nous l'avons regardé échanger, sans le moindre problème, son nouveau parapluie contre un autre billet d'une livre. Cette fois il s'était adressé à un grand type dégingandé qui ne portait ni manteau ni chapeau.

Sitôt la transaction effectuée, notre petit bonhomme s'est remis à trotter dans la rue, et n'a pas tardé à se perdre au milieu des passants. Mais il a pris soin de s'en aller dans le sens opposé.

« Tu te rends compte à quel point il est malin ! s'est exclamée ma mère. Il ne va jamais deux fois au même pub !

– Il peut continuer à s'amuser comme ça toute la soirée, ai-je répondu.

– Oui, a dit ma mère. Bien sûr. Mais je parie qu'il prie de toutes ses forces pour qu'il pleuve souvent. »

Monsieur Botibol

M. Botibol poussa la lourde porte à tambour, et se retrouva dans le vaste hall d'entrée de l'hôtel, qui servait également de salon. Il ôta son chapeau et, le tenant à deux mains contre sa poitrine, il avança nerveusement de quelques pas ; il s'arrêta pour regarder autour de lui, examinant les visages des clients assez nombreux qui attendaient l'heure du déjeuner. Plusieurs personnes tournèrent la tête et le contemplèrent avec un certain étonnement. Il entendit même – ou du moins il crut entendre – une voix de femme qui disait : « Oh, ma chère ! Jetez donc un coup d'œil à ce type qui vient d'entrer ! »

Enfin il repéra M. Clements, assis à une petite table dans le coin le plus reculé, et se hâta de le rejoindre. Clements l'avait vu arriver : il observa M. Botibol qui se frayait prudemment un chemin parmi les tables et les gens, marchant sur la pointe des pieds d'un air si humble et effacé, et serrant à deux mains son chapeau devant lui. Quel sort pitoyable pour un homme, songea-t-il, que d'être affligé d'un physique aussi singulier et bizarre que ce pauvre Botibol ! Il ressemblait, à un point extraordinaire, à une asperge. Son corps entier ne formait qu'une longue tige étroite, apparemment tout à fait dépourvue d'épaules ; sa silhouette s'amincissait simplement vers le haut, où la tige devenait de plus en plus fine, pour aboutir à une sorte de pointe au sommet du petit crâne chauve. Il était engoncé dans un complet bleu luisant, à veste croisée, et cela, pour Dieu sait quelle curieuse raison, accentuait jusqu'à l'absurde cette impression de légume qu'il donnait.

Clements se leva, ils échangèrent une poignée de main, puis aussitôt, avant même de s'asseoir, M. Botibol déclara : « J'ai décidé, oui, j'ai décidé d'accepter l'offre que vous m'avez faite avant de quitter mon bureau hier soir. »

Depuis quelques jours Clements négociait, pour le compte de tiers, le rachat de la firme connue sous le nom de Botibol & Co., dont M. Botibol était l'unique propriétaire ; et la veille au soir Clements avait avancé une première proposition chiffrée. En fait il avait seulement voulu tâter le terrain, par une offre très inférieure à la valeur réelle, ce qui constituait une façon de signaler au vendeur que les acheteurs s'intéressaient sérieusement à l'affaire. Et sacré bon Dieu, se dit Clements, ce pauvre imbécile était tombé dans le panneau et avait accepté d'emblée ! Il acquiesça plusieurs fois, la mine grave, pour s'efforcer de dissimuler sa stupéfaction, et répondit : « Bien, bien. Je suis très content d'apprendre cette nouvelle, monsieur Botibol. » Puis il appela un serveur et dit : « Deux grands gin-fizz.

– Oh non, je vous en prie ! s'exclama M. Botibol, levant les deux mains dans un geste de protestation horrifiée.

– Allons, allons, insista Clements. Il convient de fêter un pareil événement !

– Je ne bois que très peu, et jamais, au grand jamais, dans le courant de la journée ! »

Néanmoins Clements, désormais d'humeur fort joviale, ne tint pas compte de l'objection. Il commanda les gin-fizz et, quand ceux-ci arrivèrent, M. Botibol fut contraint, par les plaisanteries et les sourires gouailleurs de l'autre, de boire en l'honneur de l'affaire qui venait de se conclure. Ensuite Clements parla brièvement de l'établissement et de la signature des documents et, une fois ces détails réglés, il appela le serveur pour une seconde tournée. De nouveau M. Botibol protesta, quoique avec un peu moins de vigueur cette fois. Clements commanda les cocktails, puis se tourna vers son interlocuteur en lui souriant de son air le plus affable. « Eh bien, monsieur Botibol, déclara-t-il, à présent que tout est en ordre, je suggère que nous prenions ensemble un agréable déjeuner bien détendu, où il ne sera plus question d'affaires. Qu'en dites-vous ? C'est moi qui vous l'offre.

– Comme vous voulez, comme vous voulez », répondit M. Botibol sans le moindre enthousiasme. Il avait une petite voix mélancolique, et il articulait chaque mot distinctement et avec lenteur, comme s'il expliquait un problème à un enfant.

Lorsqu'ils furent installés dans la salle à manger, Clements commanda une bouteille de château-lafite 1912 et, pour accompagner ce breuvage, deux beaux perdreaux bien dodus. Il avait déjà calculé mentalement le montant de sa commission, et il se sentait merveilleusement bien. Il entreprit d'animer brillamment la conversation, glissant avec légèreté d'un sujet à un autre dans l'espoir d'atteindre un centre d'intérêt qui passionnerait son invité. Cependant ses efforts restèrent vains. M. Botibol semblait n'écouter que d'une oreille. De temps en temps il inclinait sa petite tête chauve à droite ou à gauche et disait : « Oui, vous avez raison. » Quand le vin arriva, Clements tenta d'orienter la discussion de ce côté-là.

« Je suis persuadé qu'il est excellent, intervint M. Botibol, mais je vous en supplie, ne m'en donnez qu'une toute petite goutte. »

Clements lui raconta l'une de ses meilleures histoires drôles. Lorsqu'il eut achevé, M. Botibol le contempla quelques instants d'un air solennel, puis articula : « Comme c'est amusant. » Après cela Clements ne dit plus un mot, et ils mangèrent en silence. M. Botibol buvait son vin, sans manifester d'opposition apparente quand son hôte tendait le bras pour lui remplir son verre. Au moment où ils terminaient leur repas, Clements estima en son for intérieur que son invité avait vidé au moins les trois quarts de la bouteille.

« Un cigare, monsieur Botibol ?

– Oh non, merci.

– Un petit cognac ?

– Non, sincèrement, je n'ai pas l'habitude... » Clements remarqua que les joues de l'homme avaient un peu rougi, et que ses yeux étaient luisants et humides. Pendant que j'y suis, songea-t-il, autant le soûler pour de bon, ce pauvre vieux. « Deux cognacs ! » lança-t-il à l'adresse du garçon.

Quand les cognacs furent servis, M. Botibol regarda son grand verre d'un œil soupçonneux durant un moment ; puis il le souleva, but rapidement une gorgée minuscule, et le reposa. « Monsieur Clements, dit-il tout à coup, si vous saviez comme je vous envie !

– Moi ? Mais pourquoi ?

– Je vais vous le dire, monsieur Clements, je vais vous le dire, si je puis me permettre une telle audace. » Il parlait sur un ton nerveux et craintif, comme s'il s'excusait de chaque mot qu'il prononçait.

« Je vous en prie, expliquez-moi, dit Clements .

– C'est parce qu'à mon sens vous avez fait de votre vie une telle réussite. »

Ça y est, le voilà qui sombre dans la morosité, pensa Clements. Encore un de ces types qui ont le vin triste, et j'ai horreur de ça. « Une réussite ? répondit-il. Je ne vois pas quels succès particuliers j'aurais pu remporter.

– Oh, mais si, je vous assure. Votre vie entière, si j'ose m'exprimer ainsi, monsieur Clements, m'apparaît comme une chose tellement agréable et réussie !

– Je suis quelqu'un de très ordinaire, vous savez, répliqua Clements, qui essayait de deviner jusqu'à quel point l'autre était vraiment soûl.

– J'ai l'impression, reprit lentement M. Botibol, séparant avec soin chacun de ses mots, j'ai l'impression que le vin m'est un peu monté à la tête, mais... » Il s'interrompit, cherchant ce qu'il allait dire. « ... Mais je tiens à vous poser simplement une question. » Il avait versé un peu de sel sur la nappe, et à présent, du bout de l'index, il le rassemblait en un petit tas.

« Monsieur Clements, poursuivit-il sans lever les yeux, à votre avis est-il possible qu'un homme vive jusqu'à l'âge de cinquante-deux ans sans jamais, au cours de toute son existence, avoir connu un seul petit succès en quelque domaine que ce soit ?

– Mon cher monsieur Botibol, fit Clements avec un rire aimable, tout le monde a ses petits succès de temps à autre, si infimes soient-ils.

– Oh non, répondit M. Botibol d'une voix douce. Vous vous trompez. Moi, par exemple, je ne me souviens pas d'avoir connu le moindre succès d'aucune sorte durant ma vie entière.

– Allons, allons ! dit Clements en souriant. Ce n'est sûrement pas vrai. Tenez, rien que ce matin vous venez de vendre votre affaire pour cent mille livres. Je trouve que c'est un succès formidable !

– Cette affaire m'a été laissée par mon père. Quand il est mort, il y a neuf ans, elle valait quatre fois plus. Sous ma direction, elle a perdu les trois quarts de sa valeur. On ne peut guère appeler cela une réussite. »

Clements savait que c'était la vérité. « Bon, bon, d'accord, admit-il. C'est bien possible, mais tout de même, vous en conviendrez avec moi, tout un chacun ici-bas a sa part de petits succès. Pas forcément de grands. Mais beaucoup de petits. Je veux dire, après tout, que diable, même marquer un but à l'école représentait un petit succès, un petit triomphe, à l'époque ; ou bien gagner une course, ou apprendre à nager. On oublie ces moments-là, voilà le problème. On les oublie, tout simplement.

– Je n'ai jamais marqué un but, déclara M. Botibol. Et je n'ai jamais appris à nager. »

Clements leva les deux mains et poussa quelques grognements exaspérés. « Oui, oui je comprends, mais ne voyez-vous pas, ne voyez-vous pas qu'il y a des milliers, littéralement des milliers d'autres choses... écoutez... pêcher un beau poisson, réparer le moteur de la voiture, faire plaisir à quelqu'un en lui offrant un cadeau, réussir dans son jardin une rangée de haricots verts présentables, ou gagner un petit pari, ou encore... enfin, bon sang, on peut continuer la liste à l'infini !

– Peut-être que *vous* le pouvez, monsieur Clements, mais à ma connaissance rien de ce que vous venez d'énumérer ne m'est jamais arrivé. C'est précisément ce que je m'efforce de vous faire comprendre. »

Clements déposa son verre de cognac, et fixa des yeux avec un intérêt nouveau ce remarquable personnage dépourvu d'épaules qui se tenait assis en face de lui. Il se sentait contrarié, et n'éprouvait pas la moindre compassion à l'égard de son interlocuteur. Cet homme n'inspirait pas la sympathie. C'était un crétin, voilà tout. Il ne pouvait en être autrement. Un crétin fantastique, pour ainsi dire le type même du crétin absolu. Soudain Clements ne résista pas au désir de le plonger dans le plus grand embarras possible. « Et les femmes, monsieur Botibol ? » Il posa la question carrément, sans aucune nuance d'excuse dans la voix.

« Les femmes ?

– Eh oui, les femmes ! Chaque homme de par le vaste monde, même le clochard le plus misérable, crasseux et répugnant, a connu un jour ou l'autre je ne sais quel stupide petit succès avec les...

– Jamais ! s'écria M. Botibol avec une brusque vigueur. Non, monsieur, jamais ! »

Je vais lui flanquer mon poing dans la figure, songea Clements. J'en ai assez de cette conversation, et si je ne me surveille pas je vais lui sauter dessus et lui flanquer un bon coup de poing. « Vous voulez dire que vous ne les aimez pas ? s'enquit-il.

– Oh mon Dieu si, bien sûr que je les aime. En fait je les admire beaucoup, énormément même, je vous assure. Mais je crains... Oh mon Dieu... Je ne sais pas vraiment comment vous expliquer... Je crains qu'apparemment il ne me soit guère facile de faire leur connaissance. Cela ne s'est jamais produit. Jamais. Voyez-vous, monsieur Clements, j'ai un *aspect physique* tellement bizarre. Je m'en rends compte parfaitement. Elles me regardent avec des yeux ronds, et souvent je les vois rire de moi. Je n'ai jamais pu m'en approcher suffisamment... euh, disons... suffisamment pour leur tendre la main, si vous voulez. » L'ombre d'un sourire, faible et infiniment triste, erra un instant aux commissures de ses lèvres.

Clements en avait par-dessus la tête. Il marmonna quelques mots pour indiquer à M. Botibol qu'il exagérait certainement la situation, puis il jeta un coup d'œil à sa montre, demanda l'addition, et dit qu'il était désolé mais qu'il devait retourner au bureau.

Ils se séparèrent dans la rue, devant l'hôtel, et M. Botibol prit un taxi pour rentrer chez lui. Il ouvrit la porte principale, s'avança dans la salle de séjour et alluma la radio ; ensuite il s'assit dans un grand fauteuil en cuir, se renversa en arrière et ferma les yeux. Il n'avait pas réellement la tête qui tournait, mais ses oreilles bourdonnaient agréablement, et ses pensées allaient et venaient à un rythme plus rapide que de coutume. Cet homme d'affaires m'a donné trop de vin, se dit-il. Je vais rester ici un moment, à écouter de la musique, et puis je suppose que je vais faire un somme ; après quoi je me sentirai mieux.

La radio diffusait une symphonie. M. Botibol avait fréquemment assisté, quoique sans grande passion, à des concerts symphoniques, et il s'y connaissait assez pour identifier le morceau en question comme faisant partie d'une symphonie de Beethoven. Mais à présent, alors qu'il était confortablement installé dans son fauteuil et prêtait l'oreille à cette musique merveilleuse, une idée nouvelle se mettait à envahir lentement son esprit embrumé par l'alcool. Il ne s'agissait pas d'un rêve, car il ne dormait pas. C'était une pensée claire et consciente, et elle disait : c'est moi qui ai composé cette musique. Je suis un grand compositeur. Ceci est la dernière-née de mes symphonies, et j'en donne la première exécution mondiale. L'immense salle de concert est pleine à craquer – de critiques, de musiciens et de mélomanes venus des quatre coins du pays – et je suis là, debout face à l'orchestre que je dirige.

M. Botibol voyait parfaitement la scène. Il était monté sur le petit podium, en queue de pie et nœud papillon blanc ; devant lui se trouvait l'orchestre, la masse des violons sur sa gauche, les altos en face et les violoncelles à droite, tandis que plus loin s'alignaient les instruments à vent, les cuivres et les percussions : tous les exécutants observaient les moindres mouvements de sa baguette avec une vénération intense, presque fanatique. Derrière lui, dans la demi-obscurité de la vaste salle, il devinait les rangées de visages extasiés, les yeux levés vers lui : le public écoutait avec une excitation croissante se déployer majestueusement cette nouvelle symphonie du plus grand compositeur que la terre eût jamais porté. Certains des assistants avaient les poings serrés, et enfonçaient les ongles dans leurs paumes, parce que la musique était si belle qu'ils pouvaient à peine la supporter. M. Botibol fut tellement transporté par cette vision enthousiasmante qu'il commença à agiter les bras au rythme de la musique, à la manière d'un chef d'orchestre. Il trouva cela si amusant qu'il décida de se lever et de se tourner vers le poste de radio, afin d'avoir plus de liberté dans ses mouvements.

Il demeura ainsi debout au milieu de la pièce, dressant sa haute silhouette efflanquée dépourvue d'épaules, vêtu de son complet bleu à veste croisée, avec sa petite tête chauve qui ballottait vivement de droite à gauche tandis qu'il remuait les bras dans l'air. Il connaissait la symphonie assez bien pour prévoir de temps à autre les changements de tempo ou de volume, et lorsque la musique se faisait forte et rapide il battait l'air si vigoureusement qu'il risquait parfois de tomber à la renverse ;

quand elle était calme et assourdie, il se penchait en avant pour apaiser, par de légers ondoiements de ses mains étendues, l'énergie de ses musiciens ; et tout au long il sentit derrière lui la présence de la salle archicomble, tendue, immobile, qui écoutait. Au moment où enfin la symphonie s'amplifia et parvint à son époustouflante conclusion, M. Botibol devint plus frénétique que jamais, et son visage parut se tordre complètement d'un côté dans un effort extrême pour exiger encore plus de puissance de la part de son orchestre durant ces énormes accords finaux.

Puis ce fut terminé. Le présentateur se mit à parler, mais M. Botibol éteignit la radio d'un geste vif et s'écroula dans son fauteuil, haletant lourdement.

« Pfouh ! dit-il à voix haute. Mon Dieu, mon Dieu, ça alors, quel événement, que m'est-il *arrivé* ? » Des gouttelettes de sueur perlaient à son front et sur ses joues, dégoulinant le long de son cou jusque sous son col de chemise. Il sortit un mouchoir et s'épongea, puis resta un moment sans bouger, le souffle court, exténué, mais fantastiquement réjoui.

« Eh bien, fit-il tout haut, d'une voix entrecoupée, je dois dire que je me suis vraiment *amusé*. Je ne me rappelle pas avoir connu un tel plaisir de toute ma vie. Mon Dieu, comme c'était amusant, réellement amusant ! » Presque aussitôt il se surprit à caresser l'idée de recommencer. Mais le fallait-il ?

Pouvait-il se permettre de répéter ce manège ? Il était indéniable que, rétrospectivement, il ressentait maintenant une vague culpabilité à propos de toute cette affaire, et il ne tarda pas à se demander s'il n'y avait pas là quelque chose de complètement immoral. Se laisser aller comme cela ! Et s'imaginer qu'il était un génie ! Voilà qui représentait une grave erreur. Il était sûr que ses semblables ne se livraient en aucun cas à de telles extravagances. Et si par malheur Mason était entré dans la pièce au beau milieu de son numéro ? Les conséquences auraient été épouvantables !

Il tendit le bras pour prendre le journal et fit mine de le lire, mais très vite il se retrouva en train de chercher furtivement parmi les programmes radiophoniques ce que l'on donnait ce soir. Il plaça l'index sous une ligne qui disait : « 20h30, Concert symphonique. Symphonie n°2 de Brahms. » Il garda longuement les yeux rivés sur cette annonce. Les lettres du mot « Brahms » commencèrent à se brouiller et à s'estomper peu à peu, pour finir par disparaître complètement ; elles furent remplacées par d'autres lettres qui disaient « Botibol ». Symphonie n° 2 de Botibol. C'était imprimé, là, en noir sur blanc, dans le journal. Il le lisait en ce moment précis. « Oui, oui, murmura-t-il. Première exécution publique. Le monde entier attend avec impatience de l'entendre. Sera-t-elle aussi splendide, se demandent-ils, ou peut-être encore plus splendide que son précédent chef-d'œuvre ? Et le compositeur lui-même a accepté, malgré ses réticences, de diriger l'orchestre. C'est un homme d'un naturel timide, qui mène une existence retirée et n'apparaît pratiquement jamais en public, mais à cette occasion ses amis sont parvenus à le persuader... »

M. Botibol se pencha en avant dans son fauteuil et pressa la sonnette installée à côté de la cheminée. Mason, le maître d'hôtel, l'unique autre habitant de la maison, apparut à la porte. C'était un homme de petite taille, d'un âge canonique, dont le maintien manifestait une solennelle gravité.

« Euh... Mason, est-ce que nous avons du vin dans la maison ?

– Du vin, monsieur ?

– Oui, du vin.

– Oh non, monsieur. Voilà au moins quinze ou seize ans que nous n'avons pas vu de vin ici. Votre père, monsieur...

– Je sais, Mason, je sais, mais voulez-vous aller m'en chercher, s'il vous plaît ? J'en veux une bouteille pour mon dîner. »

Le maître d'hôtel parut interloqué. « Très bien, monsieur. Quel genre de vin désirez-vous ?

– Du bordeaux, Mason. Le meilleur que vous trouverez. Achetez donc un carton entier. Et dites-leur de le livrer immédiatement. »

De nouveau seul, M. Botibol demeura un moment ahuri par la simplicité avec laquelle il avait pris cette décision. Du vin pour le dîner ! Comme ca, tout bonnement ! Eh bien, oui, pourquoi pas ? Effectivement, pourquoi s'en priver, maintenant qu'il y pensait ? Il était son propre maître. Et de toute manière il lui fallait absolument du vin, cela représentait un point capital. Ce breuvage semblait avoir une action bénéfique, extraordinairement bénéfique à vrai dire. Il en voulait, il en aurait, et Mason pouvait bien aller au diable !

Il se reposa durant le reste de l'après-midi, et à sept heures et demie Mason annonça le dîner. La bouteille de vin était placée sur la table, et il entreprit de la boire, en se moquant éperdument des regards réprobateurs de Mason à chaque fois qu'il remplissait son verre. Il le remplit quatre fois de suite ; puis il quitta la table, déclara qu'il ne devait être dérangé sous aucun prétexte, et revint dans la salle de séjour. Il lui restait un quart d'heure à attendre. Désormais il ne pouvait plus penser à rien d'autre qu'au concert imminent. Il s'affala dans le fauteuil et laissa son imagination vagabonder délicieusement du côté de ce qui se passerait à vingt heures trente. Il était le grand compositeur, déjà installé dans sa loge à l'arrière des coulisses, et il brûlait d'impatience. Il entendait dans le lointain les murmures excités de la foule qui prenait place parmi les rangées de fauteuils. Au fond de lui-même il savait ce que les gens se répétaient de bouche à oreille. Les mêmes déclarations qu'on lisait depuis des mois dans les journaux : Botibol est un génie ; plus grand, bien plus grand que

Beethoven, Bach, Brahms, Mozart ou tous les autres. Chacune de ses nouvelles œuvres surpasse la précédente par sa magnificence. A quoi ressemblera donc celle-ci ? Nous sommes si avides de l'entendre ! Oh oui, il savait parfaitement ce qui se disait dans la salle. Il se leva et se mit à arpenter la pièce de long en large. C'était presque l'heure maintenant. Il prit un crayon sur la table pour s'en servir comme d'une baguette, puis alluma la radio. Le présentateur venait de terminer son laïus, et soudain des applaudissements éclatèrent, ce qui signifait que le chef d'orchestre entrait en scène. Le programme de l'après-midi avait été réalisé grâce à un enregistrement sur disque, mais ici il s'agissait d'un concert authentique. M. Botibol exécuta un demi-tour sur lui-même pour faire face à la cheminée, et inclina gracieusement le corps à partir de la taille. Puis il se retourna vers la radio et leva sa baguette. Les applaudissements cessèrent. Il y eut un moment de silence. Quelqu'un, dans l'assistance, toussa. M. Botibol attendit. La symphonie commença.

Une nouvelle fois, en se mettant à diriger, il vit clairement devant lui l'ensemble de l'orchestre, les visages des instrumentistes et même leurs expressions particulières. Trois des violonistes avaient des cheveux gris. L'un des violoncellistes était très gros, un autre portait des lunettes à lourde monture d'écaille, et au second rang il y avait un corniste affligé d'un tic bizarre. Mais ils étaient tous magnifiques. Et la musique également. Au cours des passages les plus émouvants M. Botibol éprouvait un sentiment d'exultation si puissant qu'il ne pouvait s'empêcher de crier de joie ; et une fois, pendant le troisième mouvement, un petit frisson d'extase rayonna spontanément à partir de son plexus solaire et descendit le long de son ventre, en lui procurant la sensation de milliers de minuscules aiguilles caressant sa peau. Mais le plus grandiose, ce fut le tonnerre d'applaudissements et d'ovations qui salua la fin de la symphonie. Il se tourna lentement vers la cheminée et s'inclina. Les applaudissements continuèrent, et il exécuta encore plusieurs courbettes, jusqu'au moment où les derniers bruits s'atténuèrent graduellement, pour laisser place à la voix du présentateur, qui le fit sursauter et le contraignit à revenir à la réalité de la salle de séjour. Il éteignit la radio et s'écroula dans son fauteuil, épuisé mais très heureux.

Alors qu'il était ainsi affalé, souriant de plaisir, essuyant son visage en sueur et reprenant son souffle, il préparait déjà mentalement sa prochaine séance. Mais pourquoi ne pas faire les choses en bonne et due forme ? Pourquoi ne pas transformer l'une des pièces en une sorte de salle de concert, avec une vraie scène et des rangées de fauteuils, comme dans la réalité ? Et acheter un électrophone, de manière à pouvoir jouer n'importe quand, sans dépendre des programmes radiophoniques ? Mais oui, grands dieux, il allait s'y mettre tout de suite !

Le lendemain matin, M. Botibol fit venir le représentant d'une firme de décoration, et lui expliqua qu'il désirait transformer la plus vaste pièce de la maison en salle de concert miniature. Il fallait une scène surélevée, et l'espace restant devait être occupé par des rangées de fauteuils garnis de velours rouge. « Je vais organiser quelques petits concerts ici », déclara-t-il à l'homme de l'art, qui hocha la tête et répondit que ce serait du plus bel effet. En même temps il demanda à un magasin de radio d'installer un modèle d'électrophone assez coûteux, avec changeur automatique, et deux amplificateurs de grande puissance, l'un sur la scène et l'autre au fond de l'auditorium. Ceci fait, il sortit acheter en ville un coffret de l'intégrale des neuf symphonies de Beethoven ; et, dans une boutique spécialisée dans les effets acoustiques spéciaux, il commanda plusieurs disques d'applaudissements et d'ovations enthousiastes. Pour finir, il se procura une vraie baguette de chef d'orchestre, un mince bâton d'ivoire présenté dans un écrin tapissé de soie bleue.

En huit jours la salle fut prête. Tout était parfait : les fauteuils rouges, l'allée centrale, et même, au milieu de l'estrade, un petit podium entouré d'une barre d'appui en cuivre : la place du chef d'orchestre. M. Botibol décida de donner le premier concert le soir même après le dîner.

A sept heures il monta à sa chambre pour s'habiller en queue de pie et nœud papillon blanc.

Il se sentait dans une forme splendide. Quand il se regarda dans le miroir, le spectacle de sa silhouette grotesque et dépourvue d'épaules ne l'ennuya pas le moins du monde. Un grand compositeur, se dit-il en souriant, peut bien avoir l'allure qui lui plaît. D'ailleurs, les gens *s'attendent* à ce qu'il ait un physique particulier. Tout de même, il aurait aimé avoir quelques cheveux sur la tête. Il les aurait volontiers portés assez longs. Il descendit dans la salle à manger, prit rapidement son dîner, but une demi-bouteille de vin et se sentit encore mieux qu'avant. « Ne vous inquiétez pas pour moi, Mason, dit-il. Je ne suis pas fou. Je m'amuse un peu, tout simplement.

– Oui, monsieur.

– Je n'aurai plus besoin de vous ce soir. Veillez, je vous prie, à ce que personne ne me dérange. » M. Botibol quitta la table et se dirigea vers la salle de concert miniature. Il sortit du coffret la Première Symphonie de Beethoven. Comme il s'agissait de 78 tours, celle-ci occupait la première face de plusieurs disques successifs. Néanmoins, avant de les placer sur l'électrophone, il y ajouta deux autres disques. L'un, qui passerait en premier, avant la musique, portait la mention : « Applaudissements chaleureux et prolongés. » L'étiquette du second, que l'on entendrait une fois la symphonie achevée, disait : « Tonnerre d'applaudissements nourris et rythmés, acclamations diverses, cris réclamant un bis. » Par un dispositif mécanique très simple ajouté au changeur automatique, les installateurs de l'électrophone s'étaient arrangés pour que les sons des premier et dernier disques – les applaudissements – sortent seulement du haut-parleur situé du côté de l'auditoire. Quant à tous les autres sons – c'est-à-dire la musique –, ils proviendraient du haut-parleur dissimulé parmi les chaises de l'orchestre. Quand il eut classé les disques dans l'ordre voulu, il les plaça sur la platine, mais ne mit pas le moteur en marche immédiatement. Au lieu de cela, il éteignit toutes les lumières de la pièce à l'exception de la petite lampe qui éclairait le podium du chef d'orchestre ; il alla s'asseoir sur une des chaises de la scène, ferma les yeux et laissa ses pensées vagabonder en direction des régions désormais familières et si agréables : le grand compositeur, nerveux, impatient, attendait de présenter son dernier chef-d'œuvre, tandis que le public se massait dans la salle, où l'on percevait le murmure des conversations animées, et ainsi de suite. Lorsque sa rêverie l'eut placé définitivement dans la peau du personnage, il se leva, prit sa baguette, et fit tourner l'électrophone.

Une formidable salve d'applaudissements remplit la salle. M. Botibol traversa la scène, monta sur le podium, fit face au public et s'inclina. Dans l'obscurité il distinguait à peine la bordure des fauteuils de part et d'autre de l'allée centrale, mais il ne pouvait pas voir les visages des gens. Ils faisaient bien assez de bruit. Quelle ovation ! M. Botibol se retourna vers l'orchestre. Les applaudissements diminuèrent graduellement derrière lui. Le disque suivant descendit. La symphonie commença.

Cette fois l'expérience fut plus réjouissante que jamais, et tout au long de l'exécution il éprouva un certain nombre de chatouillements et de picotements dans la région du plexus solaire. A un moment, quand il lui vint soudain à l'esprit que cette musique était retransmise en direct dans le monde entier, il sentit une sorte de frisson courir le long de sa colonne vertébrale. Mais le plus excitant, et de loin, ce furent les applaudissements qui éclatèrent à la fin. Ils l'acclamaient à tout rompre, ils battaient des mains et frappaient des pieds en cadence, en criant : « Encore ! Encore ! Encore ! » Il se tourna vers la salle plongée dans la pénombre, et se courba gravement vers la gauche puis vers la droite. Ensuite il quitta la scène, mais ils le rappelèrent. Il s'inclina de nouveau plusieurs fois et regagna les coulisses ; mais voilà que derechef ils le rappelaient ! Les auditeurs étaient devenus fous ! Ils refusaient tout simplement de le laisser partir ! C'était fantastique ! Oui, une ovation absolument fantastique !

Plus tard, alors qu'il se reposait dans son fauteuil au milieu de l'autre pièce, il savourait encore ces instants. Il ferma les yeux, pour éviter qu'un élément extérieur ne vînt briser le charme. Il demeura ainsi affalé, avec l'impression de planer dans les airs. C'était une sensation réellement merveilleuse, et elle ne le quitta pas quand il monta se déshabiller et se coucher.

Le lendemain soir il dirigea la Seconde Symphonie de Beethoven – ou plutôt de Botibol –, et l'auditoire accueillit celle-ci avec un enthousiasme aussi délirant que la veille. Les jours suivants il donna une symphonie par soirée, et au bout de neuf jours il eut ainsi exécuté la totalité des neuf symphonies de Beethoven. L'expérience se révéla quotidiennement de plus en plus enivrante, parce qu'avant chaque concert le public ne cessait de répéter : « Il n'y arrivera pas, on ne peut pas diriger un nouveau chef-d'œuvre tous les soirs. C'est humainement impossible. » Mais il y réussit. Les partitions et leur exécution étaient régulièrement plus magnifiques les unes que les autres. La dernière symphonie, la Neuvième, apporta encore une exaltation supplémentaire, parce que là le compositeur surprenait et ravissait tout le monde en ajoutant des chœurs aussi superbes qu'inattendus. Il lui fallut diriger, en même temps que l'orchestre lui-même, une énorme masse de chanteurs, et Benjamino Gigli était venu d'Italie par avion pour tenir la partie de ténor, tandis que la basse était Enrico Pinza. Dès la conclusion des derniers accords, la salle entière retentit d'acclamations surexcitées, qui se prolongèrent tellement que certains assistants en avaient la voix rauque. Toute l'élite du monde musical l'applaudissait debout, et un peu partout on déclarait que l'on pouvait décidément s'attendre à des prodiges infinis de la part de cet homme étonnant.

La composition, la présentation et la direction de neuf grandes symphonies en autant de journées constitue un exploit remarquable pour n'importe quel être humain, et il n'y a rien de surprenant si M. Botibol se laissa légèrement griser par son succès. Il résolut qu'à présent il allait stupéfier une nouvelle fois son public. Il composerait une grande quantité de musique pour piano, qu'il interpréterait en personne. En conséquence, le lendemain matin à la première heure, il se dirigea vers le magasin d'exposition des gens qui vendaient des Bechstein et des Steinway. Il se sentait si en forme et plein d'entrain qu'il fit toute la route à pied ; en marchant il ne cessa de fredonner de nouveaux airs charmants pour le piano. Il en avait la tête pleine. Ils lui arrivaient sans arrêt, comme par magie, et brusquement il eut l'impression que des milliers de petites notes, les unes blanches et les autres noires, tombaient en une sorte de cascade à l'intérieur de sa tête, par un trou dans son crâne, et que son cerveau, son génial cerveau de musicien, les accueillait à toute allure, les triait et les disposait selon un certain ordre de manière à en faire d'admirables mélodies. Il y avait les Nocturnes, il y avait les Études, il y avait les Valses, et bientôt, se dit-il, il ferait don de toutes ces merveilles au monde reconnaissant et subjugué.

Quand il arriva au magasin de pianos, il poussa la porte et entra d'un air presque assuré. Il avait beaucoup changé ces derniers jours. Une bonne dose de sa nervosité avait disparu, et il n'était plus totalement préoccupé par ce que les autres pensaient de son aspect physique. « Je veux, dit-il au vendeur, un grand piano à queue de concert, mais vous devrez le modifier de telle sorte que lorsqu'on frappera les touches il ne produira aucun bruit. »

Le vendeur se pencha en avant et leva les sourcils.

« Vous est-il possible de m'arranger cela ? demanda M. Botibol.

– Oui, monsieur, certainement, si vous le désirez. Mais pourrais-je savoir à quel usage vous destinez cet instrument, si ce n'est pas trop indiscret ?

– Puisque vous y tenez, voici : je vais faire comme si j'étais Chopin. Je vais m'asseoir et caresser les touches pendant qu'un électrophone jouera la musique. Cela me procure un plaisir sensationnel. » Les mots étaient sortis tout seuls, et M. Botibol ignorait ce qui l'avait poussé à parler ainsi. Mais la chose était faite maintenant, il l'avait dit, et voilà tout. En un sens il se sentait soulagé, car il venait de se prouver qu'il ne craignait pas de révéler aux gens son occupation préférée. L'homme répondrait probablement que c'était une excellente idée, très amusante. Ou peut-être que non. Il pouvait aussi bien lui déclarer qu'il était bon à enfermer à l'asile.

« Eh bien voilà, maintenant vous savez », dit M. Botibol.

Le vendeur éclata d'un rire sonore. « Ha-ha ! Ha-ha-ha ! Très bonne réponse, monsieur ! Vraiment très bonne ! Ça m'apprendra à poser des questions stupides ! » Il s'interrompit soudain au milieu de son hilarité, et regarda attentivement M. Botibol. « Naturellement, monsieur, vous n'ignorez sans doute pas que nous vendons un modèle tout simple de clavier silencieux, pour les personnes qui souhaitent travailler sans bruit.

– Je veux un grand piano à queue de concert », répéta M. Botibol. Le vendeur le fixa de nouveau d'un œil inquisiteur.

M. Botibol choisit son piano et sortit du magasin aussi rapidement que possible. Il poursuivit son chemin jusqu'à la boutique du marchand de disques, où il se procura une quantité d'albums contenant des enregistrements intégraux des Nocturnes, des Études et des Valses de Chopin, dans l'interprétation d'Arthur Rubinstein.

« Eh bien dites donc, vous allez passer des moments rudement agréables avec tout ça ! »

M. Botibol se tourna et vit, debout à côté de lui près du comptoir, une jeune personne rondelette et courte sur pattes, au visage quelconque et empâté.

« Oui, répondit-il. Oh oui, évidemment. » En temps normal il s'interdisait d'adresser la parole aux femmes dans des lieux publics, mais celle-ci l'avait pris au dépourvu.

« J'adore Chopin », dit la fille. Elle tenait un mince sac en papier brun muni de poignées en ficelle, qui contenait l'unique disque qu'elle venait d'acheter. « Je le préfère à tous les autres compositeurs. »

Il était réconfortant d'entendre la voix de cette jeune fille, après les éclats de rire guoguenards du vendeur de pianos. M. Botibol avait envie de lui parler, mais il ne savait pas quoi dire.

La fille reprit : « Les morceaux que j'aime le plus, ce sont les Nocturnes, ils sont si apaisants. Et vous, quelles sont vos pièces favorites ? »

M. Botibol articula : « Eh bien, euh... » La fille leva les yeux vers lui et lui sourit d'un air charmant, pour essayer de le sortir de son embarras. Ce fut ce sourire qui déclencha tout. Il se retrouva soudain en train de dire : « Eh bien, euh... peut-être, accepteriez-vous, je me demande... Je veux dire, je me demandais justement si... » Elle lui sourit de nouveau, incapable de s'en empêcher cette fois. « Ce que je veux dire, c'est que je serais heureux de vous inviter à venir chez moi, si l'idée ne vous déplaît pas trop, pour écouter ces disques.

– Oh, comme c'est gentil à vous ! » Elle s'interrompit et réfléchit pour savoir s'il était bien convenable d'accepter. « Vous y tenez réellement ?

– Oui, j'en serais très heureux. »

Elle vivait à la ville depuis assez longtemps pour s'être aperçue que les hommes, à moins d'être des vieillards vicieux, ne se donnaient pas la peine de tenter de séduire une jeune fille aussi dépourvue d'attrait qu'elle-même. Au cours de son existence, il ne lui était arrivé que deux fois de se faire accoster en public, et dans les deux cas l'homme était ivre. Mais celui-ci n'était pas ivre. Il se montrait un peu nerveux, il avait une allure assez particulière, mais il n'était pas soûl. Et puis, quand on y pensait, c'était elle qui avait pris l'initiative d'engager la conversation. « Cela me ferait très plaisir, dit-elle. Oh oui, sincèrement. Quand pourrais-je venir ? »

Oh mon Dieu, pensa M. Botibol. Mon Dieu, mon Dieu, mon Dieu, mon Dieu.

« Je peux venir demain, si vous voulez, poursuivit-elle. C'est mon après-midi de congé.

– Eh bien, oui, certainement, répondit-il avec lenteur. Oui, bien sûr. Je vais vous donner ma carte. La voici.

– A. W. Botibol, lut-elle à voix haute. Quel drôle de nom ! Le mien, c'est Darlington. Mademoiselle L. Darlington. Ravie de faire votre connaissance, monsieur Botibol. » Elle tendit la main en avant pour qu'il la serre. « Oh, j'attends vraiment ce moment avec impatience, et je m'en réjouis déjà. A quelle heure dois-je venir ?

– N'importe laquelle, dit-il. Je vous en prie, venez quand vous voulez.

– A trois heures ?

– Oui. Trois heures.

– Merveilleux ! Je serai là. »

Il la regarda sortir du magasin, cette petite personne trapue, courtaude et aux mollets bien gras. Ma parole, songea-t-il aussitôt, qu'est-ce que j'ai fait ! Il demeurait tout ébahi de son propre comportement. Mais il n'était nullement mécontent. Immédiatement après, il commença à se tourmenter pour savoir si oui ou non il devrait lui laisser voir sa salle de concert. Il s'angoissa encore plus quand il se rendit compte que c'était le seul endroit de la maison où il y avait un électrophone.

Ce soir-là il ne donna pas de concert. Il resta assis dans son fauteuil, à rêvasser au sujet de Mlle Darlington, et de ce qu'il conviendrait de faire quand elle se présenterait. Le lendemain matin on livra le piano, un superbe Bechstein en acajou foncé, que l'on fit entrer sans ses pieds, et qui fut ensuite assemblé sur la scène de la salle de concert. Il s'agissait d'un instrument fort imposant, et lorsque M. Botibol l'ouvrit et appuya d'un doigt sur une touche, il ne produisit aucun son. A l'origine il avait formé le projet de stupéfier le monde par un récital de ses premières œuvres pianistiques – une série d'Études – dès l'arrivée du piano, mais à présent cette idée ne l'attirait plus du tout. Il était trop anxieux à cause de Mlle Darlington et de ce rendez-vous de trois heures. Au déjeuner, son agitation s'était encore accrue, au point qu'il fut incapable de manger. « Mason, dit-il, j'attends une visite. Une jeune dame viendra ici à trois heures.

– Une quoi, monsieur ? bégaya le maître d'hôtel.

– Une jeune dame, Mason.

– Très bien, monsieur.

– Faites-la entrer dans le salon.

– Oui, monsieur. »

A trois heures précises il entendit la sonnette. Quelques instants plus tard, Mason l'introduisit dans la pièce. Elle s'avança, souriante, et M. Botibol se leva pour lui serrer la main. « Ça alors ! s'exclama-t-elle ! Quelle maison magnifique ! Je ne savais pas que j'étais invitée chez un millionnaire ! »

Elle installa son petit corps grassouillet dans un grand fauteuil, et M. Botibol s'assit en face d'elle. Il se demandait ce qu'il allait bien pouvoir dire, et se sentait affreusement mal à l'aise. Mais presque aussitôt elle se mit à parler, et elle bavarda gaiement à propos de ceci et de cela durant un long moment sans interruption. Sa conversation roula essentiellement sur la maison, le mobilier et les tapis, et à plusieurs reprises elle insista sur le fait que c'était vraiment très gentil de sa part de l'avoir invitée, parce qu'elle menait une existence où elle n'avait pas tellement d'occasions de se distraire. Elle travaillait dur toute la journée, elle partageait une chambre avec deux autres filles dans une pension de famille, et il ne se doutait sûrement pas de la joie fantastique qu'elle éprouvait à se trouver là. Petit à petit M. Botibol commença à se détendre. Il resta tranquillement assis à écouter cette jeune fille, avec une certaine sympathie, lui répondant de temps à autre par un lent mouvement de sa tête chauve, et plus elle parlait plus elle lui paraissait sympathique. Elle était fort causante et pleine de bonne humeur, mais n'importe quel imbécile pouvait deviner que sous cette apparence extérieure se cachait un pauvre petit être solitaire et fatigué. M. Botibol s'en apercevait sans difficulté. A vrai dire il le voyait même très clairement. Ce fut alors qu'il se mit à caresser un projet audacieux et risqué.

« Mademoiselle Darlington, intervint-il, j'aimerais vous montrer quelque chose. » Il la conduisit hors de la pièce, directement à la petite salle de concert. « Regardez », dit-il.

Elle s'arrêta dès qu'elle eut franchi la porte. « Bonté divine ! Mais voyez-moi un peu ça ! Un théâtre ! Un vrai petit théâtre ! » Puis elle remarqua le piano sur la scène, ainsi que le podium du chef d'orchestre entouré de sa barre d'appui en cuivre. « C'est pour des concerts ! s'écria-t-elle. Vous organisez réellement des concerts ici ? Oh, monsieur Botibol, comme c'est passionnant !

– Cela vous plaît ?

– Oh oui !

– Revenez dans le salon, et je vais vous expliquer de quoi il s'agit. » L'enthousiasme de son interlocutrice lui avait donné de l'assurance, et il tenait à foncer de l'avant sans plus tarder. « Revenez par là, et ouvrez bien vos oreilles, car j'ai une histoire amusante à vous raconter. » Sitôt qu'ils eurent regagné leurs fauteuils respectifs, il se lança dans son récit. Il lui dévoila absolument tout, du début à la fin : comment, un beau jour, alors qu'il écoutait une symphonie, il avait imaginé qu'il était lui-même le compositeur ; comment il s'était levé et s'était mis à diriger l'orchestre ; comment il avait retiré de cette expérience un immense plaisir ; comment il avait recommencé, avec des résultats similaires ; et comment, pour finir, il s'était fait aménager la salle de concert, où il avait déjà dirigé neuf symphonies. Cependant il tricha un peu dans sa façon de relater les événements. Il expliqua que la seule raison qui l'avait poussé à agir ainsi, c'était son désir d'apprécier la musique le mieux possible. Il n'y avait qu'une manière d'écouter la musique, lui affirma-t-il, une seule manière de se contraindre à percevoir le sens de chaque note et de chaque accord. Il était nécessaire de faire deux choses en même temps. Il fallait imaginer qu'on l'avait composée soi-même, et il fallait également imaginer que le public l'entendait pour la première fois. « Croyez-vous, demanda-t-il, croyez-vous réellement qu'un simple auditeur ait jamais pu retirer autant de satisfaction d'une symphonie que le compositeur en personne quand il a entendu son œuvre jouée pour la première fois par un orchestre au complet ?

– Non, répondit-elle timidement. Non, bien sûr.

– Alors, il n'y a qu'à devenir le compositeur ! Lui voler sa musique ! La lui prendre, et s'en faire cadeau à soi-même ! » Il se renversa dans son fauteuil, et pour la première fois elle le vit sourire. Il venait d'inventer à l'instant même cette nouvelle explication assez complexe de sa conduite, mais elle lui semblait excellente, et à présent il souriait. « Eh bien, qu'en pensez-vous, mademoiselle Darlington ?

– Je dois dire que c'est très très intéressant. » Tout en se montrant polie, elle était quelque peu déconcertée, et elle se sentait très loin de lui désormais.

« Cela vous plairait-il d'essayer ?

– Oh non. Je vous en prie.

– Je voudrais tant que vous acceptiez.

– Je crains de ne pas pouvoir ressentir la même chose que vous dans ce domaine, monsieur Botibol. Je ne crois pas avoir une imagination assez puissante. »

Rien qu'à son regard elle comprit qu'il était profondément déçu. « Mais je serais ravie de m'asseoir au milieu de l'assistance et d'écouter pendant que vous le faites », ajouta-t-elle.

Alors il bondit soudain de son fauteuil. « J'ai trouvé ! cria-t-il. Un concerto pour piano ! Vous êtes la soliste, et je dirige. Vous êtes la plus grande pianiste, la plus grande du monde. Première exécution publique de mon concerto pour piano n° 1. Vous jouez, je dirige. La plus grande pianiste et le plus grand compositeur ensemble pour la première fois. Quel événement formidable ! Le public sera délirant ! Les gens feront la queue dès la fin de l'après-midi à l'entrée de la salle pour obtenir une place. La radio le retransmettra en direct dans le monde entier. Ce sera, ce sera... » M. Botibol s'interrompit. Debout derrière son fauteuil, les deux mains sur le haut du dossier, il prit un air gêné et vaguement penaud. « Je suis désolé, dit-il. Je m'emballe, je m'emballe. Vous voyez comment ça se passe. La simple idée d'un nouveau concert suffit à m'échauffer de la sorte. » Puis il reprit, sur un ton plaintif : « Accepteriez-vous, mademoiselle Darlington, accepteriez-vous de jouer un concerto pour piano avec moi ?

– Mais on dirait un jeu pour des enfants, répondit-elle, néanmoins avec un sourire.

– Personne n'en saura rien. Jamais nul autre que nous ne sera au courant.

– Bon, d'accord, dit-elle enfin. Je vais le faire. A mon avis je suis idiote, mais je le ferai quand même. Après tout, ce sera une bonne partie de rigolade.

– Parfait ! s'exclama M. Botibol. Quand ? Ce soir ?

– Euh, c'est-à-dire, je n'ai pas...

– Si ! insista-t-il avidement. Je vous en supplie. Arrangez-vous pour vous libérer ce soir. Revenez ici dîner avec moi, et nous donnerons le concert ensuite. » M. Botibol était de nouveau animé d'une fièvre sacrée. « Nous devons tout préparer en détail. Quel est votre concerto pour piano favori, mademoiselle Darlington ?

– Oh, eh bien, disons *L'Empereur* de Beethoven.

– Allons-y pour *L'Empereur.* Vous le jouerez ce soir. Venez dîner à sept heures. En robe de soirée. Il vous faut une robe de soirée pour le concert.

– J'ai bien une robe de bal, mais cela fait des années que je ne l'ai plus mise.

– Vous la porterez ce soir. » Il s'arrêta, et la contempla en silence un moment ; puis, d'une voix très douce, il demanda : « Vous n'êtes pas inquiète, n'est-ce pas, mademoiselle Darlington ? Peut-être que vous préféreriez y renoncer. Je crains, oui, je crains de m'être laissé emporter un peu trop loin par mon enthousiasme. Il semble que je vous aie forcé la main. Et je sais à quel point je dois vous paraître stupide. »

Voilà qui est déjà mieux, songea-t-elle. Voilà qui est infiniment mieux. Maintenant je suis sûre qu'il n'y a pas de problème. « Oh non, répondit-elle. Au contraire, je me réjouis beaucoup de cette séance. Mais vous m'avez un peu effrayée, en prenant tout cela tellement au sérieux. »

Lorsqu'elle fut partie, il attendit cinq minutes, puis sortit en ville, se dirigea vers le magasin de disques et acheta l'album contenant le concerto *L'Empereur,* dans la version dirigée par Toscanini, avec Horowitz au piano. Il revint aussitôt chez lui, annonça à son maître d'hôtel abasourdi qu'il aurait une invitée au dîner, et monta à sa chambre afin de revêtir sa queue de pie.

Elle arriva à sept heures. Elle portait une robe longue et sans manches, en tissu d'un vert aux reflets brillants ; et aux yeux de M. Botibol elle ne parut plus tout à fait aussi grassouillette et quelconque qu'auparavant. Il l'emmena directement dans la salle à manger où, malgré le silence et les airs réprobateurs de Mason qui rôdait autour de la table, le repas se déroula dans une bonne ambiance. Elle protesta gaiement lorsque M. Botibol lui versa un second verre de vin, mais elle ne le refusa pas. Elle bavarda presque sans arrêt du hors-d'œuvre au dessert ; M. Botibol l'écouta en acquiesçant, et lui remplit son verre à chaque fois qu'il était à moitié vide.

Ensuite, quand ils furent assis dans le salon, M. Botibol dit : « Et maintenant, mademoiselle Darlington, maintenant nous allons commencer à jouer chacun notre rôle. » Le vin, comme d'ordinaire, l'avait rendu joyeux ; et la fille, qui y était encore moins habituée que lui, ne se sentait pas mal du tout non plus. « Vous, mademoiselle Darlington, vous êtes la grande pianiste. Quel est votre prénom, mademoiselle Darlington ?

– Lucille, dit-elle.

– La grande pianiste Lucille Darlington. Je suis le compositeur Botibol. Nous devons désormais parler, agir et penser comme si nous étions la pianiste et le compositeur.

– Et *vous*, quel est votre prénom, monsieur Botibol ? A quoi correspond votre initiale A ?

– Angel, répondit-il.

– Non, pas Angel.

– Si ! répliqua-t-il d'un ton irascible.

– Angel Botibol », murmura-t-elle, et elle fut prise d'un petit accès de fou rire. Immédiatement elle se maîtrisa et déclara : « Je trouve que c'est un prénom fort rare et extrêmement distingué.

– Vous êtes prête, mademoiselle Darlington ?

– Oui. »

M. Botibol se leva et entreprit d'arpenter nerveusement la pièce de long en large. Il regarda sa montre. « Il sera bientôt l'heure d'entrer en scène, dit-il. On m'informe que la salle est archicomble. Plus un seul strapontin de libre. J'ai toujours le trac avant un concert. Et vous, mademoiselle Darlington, vous avez le trac ?

– Oh oui, régulièrement. Surtout quand je joue avec vous.

– Je crois que ça leur plaira. J'ai mis absolument tout moi-même dans ce concerto, mademoiselle Darlington. Je me suis presque tué à la tâche pour le composer. Je suis resté malade durant des semaines par la suite.

– Comme je vous plains, mon pauvre ami, dit-elle.

– C'est le moment, maintenant, fit-il brusquement. Les membres de l'orchestre sont tous à leur place. Venez. » Il la conduisit hors de la pièce et le long du couloir, puis la fit attendre derrière la porte de la salle de concert pendant qu'il entrait lestement, arrangeait l'éclairage et mettait en marche l'électrophone. Il revint la chercher et, quand ils montèrent sur la scène, les applaudissements éclatèrent. Ils restèrent tous deux debout, et s'inclinèrent vers l'auditoire plongé dans l'obscurité ; les applaudissements se firent plus vigoureux, et durèrent encore un long moment. Puis M. Botibol monta sur le podium, et Mlle Darlington alla s'asseoir au piano. Les applaudissements diminuèrent peu à peu. M. Botibol leva sa baguette. Le disque suivant descendit sur la platine, et le concerto *L'Empereur* débuta.

Ce fut une aventure stupéfiante. Le grand et maigre M. Botibol, qui n'avait pas d'épaules et ressemblait à une asperge, se dressait de toute sa hauteur sur le podium, en habit de cérémonie, et agitait les bras en suivant approximativement le rythme de la musique ; et la ronde Mlle Darlington, dans sa brillante robe verte, était assise face au clavier de l'immense piano, et frappait avec enthousiasme, de ses deux mains dodues, les touches silencieuses. Elle reconnaissait les passages où le piano se taisait, et à ces moments-là elle croisait les mains sur ses genoux d'un air très distingué, et regardait droit devant elle avec sur le visage une expression rêveuse et extasiée. En l'observant, M. Botibol se dit qu'elle était particulièrement merveilleuse dans les lentes mélodies en soliste du second mouvement. Elle laissait ses doigts glisser doucement et avec légèrcté d'un bout à l'autre du clavier, et elle inclinait la tête d'un côté puis de l'autre ; une fois elle ferma même les yeux durant un long moment tout en continuant de jouer. Au cours du fougueux dernier mouvement, M. Botibol lui-même perdit l'équilibre, et il serait carrément tombé de la scène s'il ne s'était pas raccroché de justesse à la barre d'appui en cuivre. En dépit de ces menus incidents, le concerto se poursuivit majestueusement jusqu'à sa puissante conclusion. Ensuite ce fut une véritable ovation qui éclata. M. Botibol traversa la scène pour aller prendre Mlle Darlington par la main, il la conduisit au-devant de la scène, et ils demeurèrent là tous deux, exécutant courbette après courbette, puis s'inclinant de nouveau, puisque apparemment le public ne voulait pas cesser d'applaudir et de crier « Encore ! ». Quatre fois ils quittèrent la scène et revinrent, et à la cinquième M. Botibol murmura : « C'est vous qu'ils veulent. Allez-y toute seule maintenant. – Non, répliqua-t-elle. C'est vous. C'est vous. Je vous en prie. » Néanmoins il la poussa en avant : elle accomplit son devoir, puis revint et dit : « A vous maintenant. C'est vous qu'ils veulent. Je les entends crier votre nom. » Donc M. Botibol s'avança seul sur la scène, s'inclina gravement à droite, à gauche et au centre, et s'en alla juste au moment où les applaudissements cessaient complètement.

Il la ramena directement au salon. Il avait le souffle court, et de la sueur dégoulinait le long de son visage. Elle aussi était un peu haletante, et ses joues brillaient d'un rouge très vif.

« Une interprétation fantastique, mademoiselle Darlington. Permettez-moi de vous féliciter.

– Mais quel concerto, monsieur Botibol ! Quel superbe concerto !

– Vous l'avez joué à la perfection, mademoiselle Darlington. Vous sentez réellement ma musique. » Il épongeait la sueur de son visage à l'aide d'un mouchoir. « Et demain nous exécutons mon second concerto.

– Demain ?

– Bien entendu. L'aviez-vous oublié, mademoiselle Darlington ? Nous avons un contrat pour jouer ensemble toute la semaine.

– Oh... Oh oui... J'ai bien peur d'avoir oublié cela.

– Mais vous êtes d'accord, n'est-ce pas ? demanda-t-il anxieusement. Après vous avoir entendue ce soir, je ne supporterais plus que qui que ce soit d'autre interprète ma musique.

– Je crois que c'est possible, répondit-elle. Oui, je pense que ça ira. » Elle jeta un coup d'œil à la pendule sur le manteau de la cheminée. « Grands dieux, il est très tard ! Il faut que je m'en aille ! Je ne saurai jamais me lever demain matin pour aller au travail!

– Au travail ? dit M. Botibol. Au travail ? » Lentement et à contrecœur, il se contraignit à revenir à la réalité. « Ah oui, au travail. Bien sûr, vous êtes obligée de travailler.

– Evidemment.

– Où travaillez-vous, mademoiselle Darlington ?

– Moi ? Eh bien... » Elle hésita un moment, regardant M. Botibol droit dans les yeux. « En fait, il se trouve que je travaille à l'ancienne académie.

– J'espère qu'il s'agit d'un travail agréable, dit-il. Qu'est-ce donc que cette académie ?

– J'y enseigne le piano. »

M. Botibol bondit de son fauteuil comme si quelqu'un l'avait brusquement piqué par-derrière avec unc épingle à chapeau. Il avait la bouche grande ouverte.

« Ne vous inquiétez pas, il n'y a aucun problème, dit-elle en souriant. J'ai toujours rêvé d'être Horowitz. Et pourrais-je, oh, s'il vous plaît, croyez-vous que je pourrais être Schnabel demain ? »

À moi la vengeance S.A.R.L.

Il neigeait lorsque je m'éveillai.

Je savais qu'il neigeait, parce qu'il y avait une sorte de clarté dans la chambre, et que tout semblait calme dehors : on n'entendait ni bruits de pas ni crissements de pneus, simplement le ronronnement des moteurs de voitures. Je me relevai sur un coude et vis George près de la fenêtre, vêtu de sa robe de chambre verte, penché sur le réchaud à pétrole pour préparer le café.

« Il neige, dis-je.

– Il fait froid, répondit George. Terriblement froid. »

Je sortis du lit et allai chercher le journal du matin de l'autre côté de la porte. Pour sûr, on pouvait dire qu'il faisait froid ! Je revins à toute allure, sautai dans le lit et restai immobile un bon moment sous les couvertures, tenant mes mains serrées entre mes jambes pour les réchauffer.

« Pas de lettres ? demanda George.

– Non. Rien au courrier.

– J'ai bien l'impression que le vieux ne va pas se décider à cracher.

– Il croit peut-être qu'avec quatre cent cinquante dollars on a de quoi vivre pour un mois, dis-je.

– Il n'est jamais allé à New York. Il ne connaît pas le coût de la vie ici.

– Tu n'aurais pas dû tout dépenser en une semaine. »

George se redressa et me regarda. « *Nous* n'aurions pas dû tout dépenser, tu veux dire.

– D'accord, admis-je. Nous. » Puis j'entrepris de lire le journal.

Comme le café était prêt, George apporta la cafetière et la déposa sur la table entre nos deux lits. « Personne ne peut vivre sans argent, déclara-t-il. Le vieux devrait au moins savoir ça. » Il se remit dans son lit sans enlever sa robe de chambre verte. Je poursuivis ma lecture. Je terminai la page des courses et celle du football, à la suite de quoi j'entamai l'article de Lionel Pantaloon, le grand chroniqueur satirique de la vie politique et mondaine. Je lis toujours la rubrique de Pantaloon – au même titre que les vingt ou trente millions de lecteurs assidus qu'il compte dans le pays. C'est devenu chez moi une habitude, et même plus : cela fait partie intégrante de ma matinée, comme le rite de boire trois tasses de café ou de me raser.

« Ce type a un sacré culot, dis-je.

– Qui ?

– Ce Lionel Pantaloon.

– Qu'est-ce qu'il raconte aujourd'hui ?

– Les mêmes histoires que d'ordinaire. Le même genre de scandales. Toujours à propos des riches. Ecoute-moi un peu ça : "... vu au Penguin Club... le banquier William S. Womberg en compagnie de la ravissante starlette Theresa Williams... trois nuits de suite... Mme Womberg reste chez elle et souffre de migraine... On la comprend aisément, car n'importe quelle épouse aurait la migraine si son petit mari jouait les chevaliers servants auprès de Miss Williams ne fût-ce qu'une soirée... "

– Avec un truc pareil, voilà Womberg dans un fameux pétrin, dit George.

– Je trouve que c'est honteux. Des ragots de ce genre sont susceptibles de causer un divorce. Comment ce Pantaloon peut-il s'en tirer sans dommage, avec des propos aussi diffamatoires ?

– Il y réussit toujours, ils ont tous peur de lui, répondit George. Mais si j'étais William S. Womberg, tu sais ce que je ferais ? Je sortirais immédiatement, j'irais dénicher ce Lionel Pantaloon et je lui flanquerais un bon coup de poing sur le nez ! Non mais quoi ! C'est la seule et unique façon de se faire respecter un peu par ces gens-là.

– M. Womberg ne pourrait jamais faire ça.

– Pourquoi pas ?

– Parce que c'est un homme âgé, dis-je. M. Womberg est un vieux monsieur très digne et respectable. C'est l'un des banquiers les plus en vue de la ville. En aucun cas il ne se risquerait... »

C'est alors que cela se produisit. Brusquement, surgie de nulle part, la grande idée me vint. Elle se présenta comme cela, au beau milieu de ma phrase, et je m'arrêtai net. Je la sentis pour ainsi dire matériellement s'infiltrer dans mon cerveau, je demeurai très calme et la laissai continuer à pénétrer, à envahir tout mon esprit. J'avais à peine eu le temps de me rendre compte de ce qui s'était passé que déjà tout le plan – un plan magnifique et superbement intelligent – s'était dessiné avec une parfaite netteté dans ma tête ; et à cet instant même je compris que c'était une splendeur.

Je me tournai, et aperçus George qui me dévisageait d'un air interrogateur. « Eh, qu'est-ce qui te prend ? demanda-t-il. Qu'est-ce que tu as ? »

Je gardai ma sereine tranquillité. Je tendis le bras pour me resservir de café, avant de m'accorder le plaisir de parler.

« George, dis-je, toujours sans la moindre excitation. J'ai une idée. Écoute-moi très attentivement, parce que j'ai une idée qui va nous rendre tous les deux très riches. Nous sommes fauchés, pas vrai ?

– Bien sûr.

– Et ce William S. Womberg, poursuivis-je, estimerais-tu qu'il est plutôt en colère contre Lionel Pantaloon ce matin ?

– En colère ! s'écria George. En colère ! Mais, bon sang, il doit être absolument fou furieux !

– Effectivement. Et, à ton avis, cela lui plairait-il de voir Lionel Pantaloon recevoir un bon coup de poing sur le nez ?

– Sacré bon Dieu, bien sûr que oui !

– Et maintenant dis-moi : si on le lui proposait, M. Womberg ne serait-il pas disposé à payer une certaine somme d'argent à quelqu'un qui entreprendrait de sa part, avec discrétion et efficacité, cette opération " coup de poing sur le nez " ? »

George tourna la tête et me regarda ; doucement, avec soin, il déposa sa tasse de café sur la table. Un sourire qui allait s'élargissant commença à illuminer son visage. « J'ai pigé, dit-il. J'ai pigé ton idée.

– Ce n'est qu'une petite partie de mon projet. Si tu jettes un coup d'œil à la chronique de Pantaloon, tu verras qu'une autre personne a été discréditée aujourd'hui. » Je pris le journal. « Voilà, il s'agit d'une Mme Ella Gimple, une dame fort connue dans la haute société, qui possède peut-être un million de dollars à la banque...

– Qu'est-ce qu'en dit Pantaloon ? »

Je regardai de nouveau le journal. « Il insinue, répondis-je, qu'elle gagne beaucoup d'argent sur le dos de ses amis, en organisant des parties de roulette et en tenant elle-même le rôle de la banque.

– Cette Gimple aura du mal à s'en remettre, déclara George. De même que Womberg. Gimple et Womberg. » Il était assis bien droit dans son lit et attendait que je continue.

« Donc, repris-je, nous avons deux personnes différentes qui toutes deux haïssent à mort Lionel Pantaloon ce matin. Toutes deux souhaitent désespérément pouvoir aller lui boxer le nez, mais aucune n'ose le faire. Tu comprends la situation ?

– Parfaitement.

– Voilà, ajoutai-je, en ce qui concerne Lionel Pantaloon. Mais n'oublie pas qu'il y a d'autres types dans son genre. Il existe des douzaines d'autres chroniqueurs satiriques qui passent leur temps à dire du mal des personnalités riches et influentes. Pense à Harry Weyman, à Claude Taylor, à Jacob Swinski, à Walter Kennedy, et à tous les autres scribouillards de la même espèce.

– Tu as raison, renchérit George. Totalement raison.

– Je te le dis, il n'y a rien qui rende les riches aussi furieux que de se voir tournés en dérision et insultés dans les journaux.

– Continue, mon vieux, continue.

– D'accord. Maintenant voici mon plan. »

Je commençais aussi à m'échauffer moi-même. Je me penchais par-dessus le bord du lit, une main posée sur la table basse, et agitant l'autre en l'air tout en parlant. « Nous allons monter immédiatement une société et nous l'appellerons... nous allons l'appeler... nous l'appellerons... attends voir une seconde... Nous l'appellerons “ À moi la vengeance S.A.R.L. ”. Qu'en penses-tu ?

– Un nom un peu bizarre.

– C'est une citation biblique[1] ! C'est excellent. Ça me plaît. “À moi la vengeance S.A.R.L. ” Ça sonne très bien. Et nous ferons imprimer des cartes en bristol, que nous enverrons à tous nos clients pour leur rappeler qu'ils ont été publiquement diffamés et humiliés, et leur proposer de punir le coupable moyennant rétribution. Nous achèterons tous les journaux, nous lirons toutes les chroniques mondaines, et chaque jour nous enverrons au moins une douzaine de nos cartes à des clients possibles.

– C'est merveilleux ! s'exclama George. Fantastique !

– Nous allons devenir riches, lui dis-je. En un rien de temps nous amasserons une fortune immense.

– Il faut commencer tout de suite ! »

Je bondis hors du lit, courus chercher un bloc-notes et un stylo à bille, et me fourrai de nouveau sous les couvertures. « Bon, dis-je, relevant les genoux et y appuyant le bloc-notes, la première décision à prendre, c'est ce que nous imprimerons sur les cartes que nous enverrons à nos clients. » J'écrivis donc « À MOI LA VENGEANCE S.A.R.L. » en guise d'en-tête au sommet de la feuille. Puis, avec beaucoup d'application, je rédigeai une lettre fort bien écrite expliquant les principes de notre organisation. Celle-ci se terminait par la phrase suivante : « En conséquence À MOI LA VENGEANCE S.A.R.L. entreprendra, de votre part et dans le

1. Voir Épître de Paul aux Romains, XII, 19. *(N.d. T.)*

secret absolu, d'administrer un châtiment convenable au chroniqueur.... et à cet effet nous soumettons respectueusement un choix de méthodes (ainsi que les tarifs correspondants) à votre considération. »

« Un choix de méthodes ? Qu'entends-tu par là ? demanda George.

– Nous devons leur offrir un certain éventail. Il faut imaginer un certain nombre de choses... de punitions différentes. Le numéro un sera... *1) Coup de poing sur le nez, assené avec violence,* articulai-je tout en l'écrivant. Combien demanderons-nous pour ça ?

– Cinq cents dollars », répondit George instantanément.

J'inscrivis le chiffre. « Quel est le châtiment suivant ?

– Un œil au beurre noir », dit George.

J'inscrivis : *2) Un œil au beurre noir... 500 dollars.*

« Non ! intervint George. Je ne suis pas d'accord sur le prix. Un œil au beurre noir bien exécuté requiert indubitablement plus de précision et d'habileté qu'un coup de poing sur le nez. C'est un travail réservé à des gens qualifiés. Cela devrait coûter six cents dollars.

– D'accord, dis-je. Six cents. Et quel est le suivant ?

– Les deux ensemble, naturellement. Le coup classique, un crochet du gauche accompagné d'un direct du droit. » Nous nous trouvions désormais dans le territoire de George. Il connaissait admirablement la question.

« Les deux ensemble ?

– Absolument. Un coup de poing sur le nez *et* un œil au beurre noir. Onze cents dollars.

– Il faudrait une réduction quand on prend les deux à la fois, dis-je. Mettons ça à mille dollars.

– C'est bougrement bon marché, grogna George. A ce prix-là, tout le monde se jettera dessus.

– Quel est le suivant ? »

Nous gardions tous deux le silence à présent, et nous nous concentrions de toutes nos forces. Trois profonds sillons parallèles se creusèrent dans la peau du front plutôt bas et tombant de George. Il se mit à se gratter le cuir chevelu, lentement mais avec beaucoup d'énergie. Je détournai le regard et tentai de réfléchir à toutes les choses abominables que les gens avaient pu faire à d'autres. Pour finir j'en trouvai une et, tandis que George observait la pointe de mon stylo qui courait sur le papier, j'écrivis : *4) Placer un serpent à sonnettes (dont le venin aura été préalablement extrait) sur le plancher de sa voiture, près des pédales, pendant qu'elle est en stationnement.*

« Sacré bon Dieu ! murmura George. Tu veux le faire mourir de frayeur !

– Naturellement, dis-je.

– Et où te procurerais-tu un serpent à sonnettes, hein ?

– Je l'achèterai. On peut toujours en acheter, dans les magasins spécialisés. Combien allons-nous demander pour ça ?

– Quinze cents dollars », répondit George d'un ton ferme. J'inscrivis la somme.

« Il nous en faut encore un dernier.

– J'ai ce qu'il faut, dit George. Le kidnapper dans une voiture, lui enlever tous ses vêtements sauf son caleçon, ses chaussettes et ses chaussures, puis le déposer au beau milieu de la Cinquième Avenue à l'heure de pointe. » Il sourit largement, le visage radieux et triomphal.

« Nous ne pouvons pas faire ça.

– Écris-le. Et indique comme tarif deux mille cinq cents dollars. Tu le ferais sans problème si ce vieux Womberg se montrait prêt à te payer une telle somme.

– Oui, admis-je. Je suppose que oui. » J'inscrivis donc le châtiment en question. « En voilà assez maintenant, ajoutai-je. Avec ça, ils auront un choix suffisamment étendu.

– Et où ferons-nous imprimer les cartes ? demanda George.

– Chez George Karnoffsky, déclarai-je. Un autre George. C'est un ami à moi. Il tient une petite imprimerie dans la Troisième Avenue. Il fait des invitations à des mariages et des affiches pour les grands magasins. Il se chargera de la besogne. J'en suis sûr.

– Alors, qu'est-ce que nous attendons ? »

Nous bondîmes tous deux hors du lit et commençâmes à nous habiller. « Il est midi, remarquai-je. En nous dépêchant nous pourrons encore le trouver avant qu'il ne parte déjeuner. »

Il neigeait toujours lorsque nous sortîmes dans la rue, et il y avait dix à quinze centimètres de neige sur le trottoir, mais nous parcourûmes au pas de course les quatorze pâtés de maisons qui nous séparaient de la boutique de Karnoffsky, et y arrivâmes juste au moment où il mettait son manteau pour s'en aller.

« Claude ! s'exclama-t-il. Salut, mon pote ! Comment ça marche, depuis tout ce temps ? » Il me serra la main vigoureusement. Il avait un gros visage plein de bonhomie, et un nez extrêmement large et aplati, qui débordait sur ses joues d'au moins trois centimètres de chaque côté. Je le saluai à mon tour, et lui annonçai que nous étions venus pour discuter d'une affaire des plus urgentes. Il ôta son manteau et nous fit pénétrer dans son bureau ; alors j'entrepris de lui raconter notre plan, et le service que nous désirions de lui.

Lorsque je fus parvenu aux trois quarts de mon histoire, il commença à rire bruyamment et de manière ininterrompue, si bien qu'il me devint impossible de continuer ; en conséquence, j'abrégeai la fin et lui tendis la feuille de papier portant le texte que nous voulions faire imprimer. Quand il le lut, son corps entier fut secoué de rires convulsifs : il ne cessait de taper sur son bureau avec le plat de la main, il toussait, suffoquait et rugissait comme un dément. Nous restâmes assis à le contempler. Nous ne voyions rien de particulièrement risible dans la situation.

Pour finir il se calma, sortit un mouchoir et s'essuya les yeux en prenant bien son temps. « Jamais autant ri de ma vie, dit-il d'une petite voix affaiblie. Ça, pour une blague, elle est vraiment formidable. Ça vaut un bon déjeuner. Venez, les gars, je vous invite à déjeuner.

– Écoute, répondis-je de mon ton le plus sérieux, il ne s'agit nullement d'une plaisanterie. Il n'y a pas de quoi rire. Tu assistes à la naissance d'une nouvelle et puissante organisation...

– Allez, allez, fit-il, se remettant à rire de plus belle. Venez, vous avez bien mérité votre déjeuner.

– Quand peux-tu imprimer ces cartes ? » demandai-je. Ma voix était dure, et je m'efforçais d'imiter le ton des hommes d'affaires.

Il s'interrompit et nous regarda fixement.

« Vous voulez dire... vous voulez vraiment dire... que vous avez l'intention de réaliser ce projet pour de bon ?

– Parfaitement. Tu assistes à la naissance...

– Bon, d'accord, dit-il en se levant, d'accord. À mon avis vous êtes cinglés et vous allez vous attirer des ennuis. C'est sûr et certain, vous aurez des problèmes, les gars. Ces types-là, ils aiment bien fourrer leur nez dans les affaires des gens, mais ils n'apprécient pas d'être embêtés à leur tour.

– Quand peux-tu les imprimer, et sans qu'aucun de tes employés ne les lise ?

– Pour une telle occasion, répondit-il gravement, je me passerai de déjeuner. Je vais composer les caractères moi-même. C'est le moins que je puisse faire. » Il éclata de nouveau d'un rire puissant, et les bords de ses énormes narines frémirent de plaisir. « Combien en veux-tu ?

– Un millier, pour commencer, ainsi que des enveloppes.

– Reviens à deux heures », me dit-il. Je le remerciai abondamment, et tandis que nous sortions nous entendîmes son rire résonner le long du couloir menant à l'atelier situé à l'arrière de la boutique.

A deux heures précises nous étions de retour. George Karnoffsky se trouvait dans son bureau, et la première chose que je vis en entrant fut la grosse pile de cartes imprimées qui se dressait sur son bureau. C'étaient de grandes cartes, d'un format deux fois supérieur à celui des cartes ordinaires d'invitation à un mariage ou à un cocktail. « Et voilà, mon cher ami, dit-il. Tout est prêt pour la noble entreprise ! » Ce vieux crétin riait toujours.

Il nous tendit à chacun une carte, et j'examinai soigneusement la mienne. De toute évidence, il avait travaillé avec un sérieux et une minutie exemplaires. La carte elle-même, épaisse et rigide, était bordée d'une belle ligne dorée sur tout son pourtour, et les caractères de l'en-tête avaient une admirable élégance. Je ne peux pas la reproduire ici dans sa splendeur originale, mais je tiens quand même à vous montrer ce qu'elle disait :

À MOI LA VENGEANCE S.A.R.L.

Cher (e) M...

Vous avez probablement remarqué l'attaque aussi diffamatoire qu'injustifiée dont vous avez été victime, dans le journal d aujourd'hui, de la part du chroniqueur... Il s'agit d'insinuations outrageantes, et de propos qui déforment délibérément la vérité.

Une personnalité telle que vous serait-elle prête à laisser cet individu minable et malveillant l'insulter de la sorte, sans réagir en aucune façon ?

Le monde entier sait qu'il est contraire à la nature même des Américains de se laisser insulter, en public ou en privé, sans relever l'affront, dans un élan de vertueuse indignation, et demander – non, exiger – une juste réparation.

D'un autre côté, il est bien naturel qu'une personne de votre niveau et de votre réputation ne souhaite pas se mêler davantage *personnellement* de cette petite affaire sordide, ni même avoir le moindre contact *direct* avec cet individu méprisable.

Dans ce cas, comment obtiendrez-vous satisfaction ?

La réponse est simple. À MOI LA VENGEANCE S.A.R.L. s'en chargera pour vous. Nous entreprendrons, de votre part et dans le secret absolu, d'administrer un châtiment personnel au chroniqueur..., et à cet effet nous soumettons respectueusement à votre considération un choix de méthodes (accompagné du tarif) :

1) Coup de poing sur le nez, assené avec violence :	500 dollars
2) Œil au beurre noir :	600 dollars
3) Coup sur le nez et œil au beurre noir :	1 000 dollars

4) Installation d'un serpent à sonnettes (dont le venin aura été préalablement extrait) sur le plancher de sa voiture, près des pédales, pendant qu'elle est en stationnement : 1 500 dollars

5) Enlèvement du coupable, qui sera emmené en voiture, déshabillé intégralement à l'exception de son caleçon, de ses chaussettes et de ses chaussures, puis déposé au beau milieu de la Cinquième Avenue à l'heure de pointe : 2 500 dollars

Travail exécuté par un professionnel.

Si vous désirez bénéficier de l'un ou l'autre de ces services, ayez l'amabilité de répondre à À MOI LA VENGEANCE S.A.R.L., à l'adresse indiquée sur le papier ci-inclus. Dans toute la mesure du possible, nous essaierons de vous avertir à l'avance de l'heure et du lieu où se déroulera l'événement, de telle sorte que vous puissiez, si vous le souhaitez, y assister en personne en respectant une distance convenable pour préserver votre anonymat.

Aucun paiement ne sera demandé avant que votre commande n'ait été exécutée à votre entière satisfaction, lorsqu'un compte rendu détaillé en sera donné par les moyens d'information habituels.

George Karnoffsky avait réalisé là vraiment un splendide travail d'imprimerie.

« Alors, Claude, dit-il, ça te plaît ?

– C'est merveilleux.

– C'est ce que je pouvais faire de mieux pour toi. Ça me rappelle l'époque de la guerre, où sans arrêt je voyais des soldats qui partaient, peut-être pour se faire tuer ; alors je passais mon temps à leur donner ce que je pouvais et à leur rendre toutes sortes de services ! » Comme il se remettait à rire bruyamment, je coupai court : « Je crois qu'il est temps que nous partions maintenant. As-tu de grandes enveloppes pour ces cartes ?

– Tout est là. Et tu pourras me payer quand l'argent commencera à rentrer ! » Cette dernière remarque provoqua chez lui un fou rire plus hystérique que jamais, et il s'écroula dans son fauteuil, agité de soubresauts et poussant des petits cris comme un malade mental. George et moi nous nous hâtâmes de quitter la boutique et de regagner la rue. C'était maintenant l'après-midi, et il neigeait toujours.

Nous revînmes à notre chambre presque en courant, et au passage j'empruntai dans le hall de l'immeuble, doté d'un téléphone public, un annuaire de Manhattan. Nous trouvâmes « Womberg, William S. » sans la moindre difficulté, et pendant que je lisais l'adresse à haute voix – quelque part dans la 90e Rue Est – George l'écrivit sur une des enveloppes.

« Gimple, Mme Ella H. » était aussi dans l'annuaire, et nous recopiâmes également son adresse sur une enveloppe.

« Allons les poster tout de suite, avant la prochaine levée, dit George.

– Non, nous les distribuerons nous-mêmes, répliquai-je. Et immédiatement. Plus vite ils les auront, mieux cela vaudra. Demain, il sera peut-être déjà trop tard. Leur fureur aura perdu plus de la moitié de sa force si nous laissons passer une journée. Les gens peuvent facilement se calmer en l'espace d'une nuit. Donc voici, ajoutai-je, tu vas aller me distribuer ces deux cartes à l'instant. Pendant que tu t'acquitteras de cette tâche, j'irai faire un tour en ville, et je tenterai de me renseigner sur les habitudes de Lionel Pantaloon. On se retrouve ici plus tard dans la soirée... »

Je rentrai vers neuf heures du soir, et aperçus George allongé sur son lit, en train de fumer une cigarette et de boire du café.

« J'ai remis les deux cartes, déclara-t-il. Je les ai simplement glissées dans la fente de la boîte aux lettres, j'ai pressé la sonnette, et je me suis enfui à toutes jambes dans la rue. Womberg avait une grande maison, une immense maison blanche. Et toi, comment ça a marché ?

– J'ai rendu visite à un type qui travaille comme rédacteur sportif au *Daily Mirror*. Il m'a tout raconté.

– C'est-à-dire ?

– D'après lui, les déplacements de Pantaloon s'effectuent selon un rythme plus ou moins routinier. Il travaille la nuit, mais où qu'il aille plus tôt dans la soirée, il aboutit *toujours* – et voilà l'important –, il aboutit *toujours* au Penguin Club. Il y arrive aux alentours de minuit, et y reste jusqu'à deux heures ou deux heures et demie du matin. C'est à ce moment-là que ses rabatteurs lui apportent leurs renseignements.

– Voilà tout ce que nous avions besoin de savoir, dit joyeusement George.

– C'est trop facile.

– On nous présente pour ainsi dire l'argent sur un plateau ! »

L'armoire contenait une bouteille de whisky encore pleine, et George la sortit. Durant les deux heures qui suivirent, nous restâmes assis sur nos lits à boire ce whisky et à élaborer des plans complexes et magnifiques pour le développement de notre organisation. Vers onze heures, nous étions déjà à la tête d'un personnel de cinquante membres, dont douze boxeurs célèbres, et nous avions nos bureaux au Rockefeller Center. À minuit, nous possédions la mainmise sur la totalité des chroniqueurs mondains, et nous leur dictions chaque jour leurs articles par téléphone à partir de notre quartier général, en prenant soin de discréditer et de mettre en rage quotidiennement au moins vingt personnes riches dans une partie ou une autre du pays. Nous avions acquis une fortune colossale, George roulait dans une luxueuse Bentley, et moi j'avais cinq Cadillac. George n'arrêtait pas de s'entraîner à téléphoner à Lionel Panlaloon. « C'est vous, Pantaloon ? – Oui, monsieur. – Eh bien, écoutez-moi un peu. Je trouve votre article d'aujourd'hui absolument infect. Avouez qu'il laisse plutôt à désirer. – Vous m'en voyez désolé, monsieur. J'essaierai de faire mieux demain. – J'espère bien que vous ferez mieux, Pantaloon. En fait, depuis un certain temps nous songeons à prendre quelqu'un d'autre pour vous remplacer. – Oh non, s'il vous plaît, je vous en supplie, monsieur, accordez-moi juste encore une chance. – D'accord, Pantaloon, mais c'est la dernière. Et à propos, les gars vont mettre un serpent à sonnettes dans votre voiture cette nuit, de la part de Hiram C. King, le magnat des savonnettes. M. King vous épiera de l'autre côté de la rue, alors n'oubliez pas de simuler la terreur quand vous verrez le serpent. – Oui, monsieur, bien sûr, monsieur. Je n'oublierai pas, monsieur... »

Quand finalement nous nous couchâmes et éteignîmes la lumière, j'entendais toujours George qui engueulait Pantaloon comme du poisson pourri au téléphone.

Le lendemain matin, nous fûmes tous deux réveillés par la cloche de l'église du quartier qui sonnait neuf heures. George se leva pour aller chercher le courrier à la porte de l'immeuble, et quand il revint il tenait une lettre à la main.

« Ouvre-la ! » ordonnai-je.

Il l'ouvrit, et déplia soigneusement une seule feuille de papier ordinaire.

« Lis-la ! » m'écriai-je.

Il se mit à la déchiffrer, d'une voix lente et sérieuse au début, mais qui se transforma graduellement, de plus en plus aiguë et forte, jusqu'à devenir un hurlement de triomphe quand il comprit tout le sens de la lettre. Celle-ci disait :

« Vos méthodes semblent curieusement peu orthodoxes. En même temps, tous les mauvais traitements que vous pourrez infliger à ce scélérat bénéficieront de mon entière approbation. Donc, allez-y. Commencez par l'article n° 1, et si vous réussissez je ne serais que trop heureux de vous passer commande pour tout le reste de la liste. Envoyez-moi votre facture. William S. Womberg. »

Je me souviens que dans l'excitation du moment nous exécutâmes, en pyjama, une sorte de danse tout autour de la pièce, en chantant à pleine voix les louanges de M. Womberg, et en proclamant que désormais nous étions riches. George fit plusieurs sauts périlleux sur son lit, et j'ai bien pu l'imiter sans m'en rendre compte.

« Quand nous y mettons-nous ? demanda-t-il. Ce soir ? »

J'observai quelques instants de silence avant de répondre. Je refusais de me laisser emporter par la précipitation. Les pages des livres d'histoire sont remplies de noms de grands hommes qui se sont mordu les doigts d'avoir pris des décisions hâtives dans la fièvre du moment. Je mis ma robe de chambre, allumai une cigarette et commençai à faire les cent pas dans la chambre. « Rien ne presse, déclarai-je. Nous pourrons nous occuper de la commande de Womberg en temps voulu. Mais en premier lieu nous devons effectuer notre distribution de cartes quotidienne. »

Je m'habillai rapidement, allai au kiosque de l'autre côté de la rue, achetai un exemplaire de chacun des journaux qui s'y trouvaient, et revins à notre chambre. Nous passâmes les deux heures suivantes à lire les articles des chroniqueurs mondains, et à la fin nous eûmes une liste de onze personnes – huit hommes et trois femmes – qui toutes avaient été calomniées d'une manière ou d'une autre ce matin. Les affaires marchaient bien. Le travail allait comme sur des roulettes. Ensuite il ne nous fallut qu'une demi-heure pour chercher les adresses des gens insultés – deux restèrent introuvables– et les recopier sur les enveloppes.

Dans le courant de l'après-midi, nous portâmes nos messages à domicile, et vers six heures du soir nous revînmes à notre chambre, fatigués mais triomphants. Nous préparâmes du café et des hamburgers, et prîmes notre dîner au lit. Puis nous nous relûmes mutuellement, à maintes reprises, la lettre de Womberg.

« Imagine un peu, il nous passe une commande pour six mille cent dollars, dit George. Toute la liste, du n° 1 au n° 5 !

– C'est un assez bon départ. Pas trop mal pour une première journée. Six mille dollars par jour, ça donne... attends une minute... presque deux millions de dollars par an, si je ne compte pas les dimanches. Un million chacun. C'est plus que ce que gagne Betty Grable.

– Nous sommes de vrais nababs », affirma

George. Lentement, un merveilleux sourire de pur contentement se dessina sur son visage.

« D'ici un jour ou deux, nous allons nous installer dans une grande suite à l'hôtel St. Regis.

– Je verrais plutôt le Waldorf, dit George.

– Va pour le Waldorf. Et plus tard nous pourrions aussi acheter une maison.

– Comme celle de Womberg ?

– D'accord. Comme celle de Womberg. Mais d'abord, ajoutai-je, nous avons du travail à faire. Demain, nous nous occuperons de Pantaloon. Nous l'attraperons quand il sortira du Penguin Club. À deux heures et demie du matin, nous l'attendrons, et lorsqu'il arrivera dans la rue tu t'avanceras et tu le frapperas une seule fois, avec violence, exactement sur l'arête du nez, comme stipulé dans le contrat.

– Ce sera un plaisir, dit George. Ce sera un vrai plaisir. Mais comment nous enfuirons-nous ? À pied ?

– Nous louerons une voiture pour une heure. Il nous reste juste assez d'argent pour ça. Je tiendrai le volant et laisserai tourner le moteur, à moins de dix mètres de toi ; la portière sera ouverte, et dès que tu auras cogné il te suffira de sauter sur le siège, et nous disparaîtrons dans la nature.

– Parfait. Je vais taper très fort, crois-moi. » George s'interrompit. Il serra son poing droit et examina les articulations des phalanges. Puis il sourit de nouveau, et dit lentement : « Ce Pantaloon, il est bien possible qu'après ce coup-là il se retrouve avec un nez tellement écrasé qu'il ne pourra plus le fourrer dans les affaires des autres, pas vrai ?

– C'est fort possible, en effet », répondis-je, et avec cette joyeuse pensée en esprit nous éteignîmes la lumière et ne tardâmes pas à nous endormir.

Le lendemain matin je fus réveillé par un cri ; je m'assis dans le lit et vis George debout devant moi, qui agitait les bras en pyjama. « Regarde ! s'exclama-t-il. Il y en a quatre ! Quatre ! » Je l'observai : effectivement il tenait quatre lettres à la main.

« Ouvre-les. Vite, ouvre-les ! »

Il lut la première à voix haute : « *Chers À Moi La Vengeance S.A.R.L., Voilà la meilleure proposition que j'aie reçue depuis des années. Foncez de l'avant et infligez à M. Jacob Swinski le traitement du serpent à sonnettes (méthode n° 4). Mais je me ferai un plaisir de vous payer double tarif si vous oubliez d'extraire le venin. Bien à vous, Gertrude Porter-Vandervelt. P.S. Si j'étais vous j'assurerais le serpent. La morsure de ce type est infiniment plus venimeuse que celle de n'importe quel reptile.* »

George lut la seconde à voix haute : « *Mon chèque de 500 dollars est prêt et attend devant moi sur mon bureau. Dès l'instant où j'aurai la preuve que vous avez flanqué un bon coup de poing sur le nez à Lionel Pantaloon, il vous sera expédié sans délai. Je préférerais que le coup occasionne une fracture, si c'est possible. Bien à vous, etc., Wilbur H. Gollogly.* »

George lut la troisième à voix haute : « *Étant*

donné mon état d'esprit actuel et malgré ce que me dicte la raison, je suis tenté par votre offre et je vous demande de déposer cette canaille de Walter Kennedy dans la Cinquième Avenue vêtu seulement de son caleçon. À la condition expresse que le sol soit couvert de neige à ce moment et que la température soit inférieure à zéro. H. Gresham. »

Il lut également la quatrième à voix haute : « *Un bon coup sur le nez de Pantaloon vaut bien cinq cents dollars, et je suis sûre que n'importe qui accepterait comme moi avec joie. Je souhaite assister au spectacle. Sincèrement vôtre, Claudia Calthorpe Hines.* »

George déposa les lettres doucement, avec soin, sur le lit. Il y eut un silence qui dura un bon moment. Nous nous regardions l'un l'autre, trop étonnés et trop heureux pour parler. J'entrepris de calculer la valeur de ces quatre commandes en termes d'argent.

« Ça fait un total de cinq mille dollars », dis-je à voix basse.

Le visage de George s'illumina d'un grand sourire radieux. « Claude, demanda-t-il, tu ne crois pas que nous devrions partir tout de suite nous installer au Waldorf ?

– Bientôt, répondis-je, mais pour le moment nous n'avons pas le temps de déménager. Nous n'aurons même pas le temps de distribuer de nouvelles cartes aujourd'hui. Il nous faut commencer à exécuter les commandes reçues. Nous sommes surchargés de travail.

– Et si nous engagions du personnel supplémentaire, et agrandissions notre organisation ?

– Plus tard, dis je. Même pour cela le temps nous manque aujourd'hui. Réfléchis un peu à tout ce que nous devons faire. Placer un serpent à sonnettes dans la voiture de Jacob Swinski... déposer Walter Kennedy en caleçon dans la Cinquième Avenue... flanquer un certain nombre de coups de poing sur le nez à Pantaloon... attends un peu... oui, nous devons cogner sur Pantaloon de la part de trois personnes différentes... »

Je m'arrêtai. Je fermai les yeux. Je demeurai immobile. De nouveau je me rendis compte qu'une inspiration, semblable à un clair petit ruisseau, s'infiltrait dans mes méninges. « J'ai la solution ! m'écriai-je. Je l'ai ! Je l'ai ! Nous ferons d'une pierre trois coups ! Trois clients satisfaits grâce à une seule intervention !

– Comment ça ?

– Tu ne vois donc pas ? Il nous suffit de frapper Pantaloon une fois, et chacun de nos trois clients... Womberg, Gollogly et Claudia Hines... pensera que nous l'aurons fait de sa part à lui ou à elle.

– Répète-moi ça. » Je lui expliquai de nouveau la chose.

– Ah, c'est vachement intelligent, ton truc.

– Simple question de bon sens. Et le même principe s'appliquera aux autres. Ceux qui demandent le coup du serpent à sonnettes et celui de la

Cinquième Avenue peuvent attendre que nous ayons de nouvelles commandes. Dans quelques jours, nous aurons peut-être dix commandes pour un serpent à sonnettes dans la voiture de Swinski. Alors, nous pourrons les exécuter toutes d'un seul coup.

– C'est merveilleux.

– Donc, ce soir, repris-je, nous ferons son affaire à Pantaloon. Mais il nous faut d'abord louer une voiture. Nous devons aussi envoyer des télégrammes, un à Womberg, un à Gollogly et un à Claudia Hines, pour leur dire où et quand l'agression aura lieu. »

Nous nous habillâmes rapidement et sortîmes.

Dans un petit garage sale et silencieux de la 9e rue Est, nous parvînmes à louer une voiture, une vieille Chevrolet de 1934, à huit dollars pour la soirée. Nous envoyâmes trois télégrammes, tous identiques et habilement rédigés de manière à en dissimuler le sens véritable aux yeux des curieux : « *Espérons vous voir devant Penguin Club deux heures trente matin. Respectueusement, A. M. Laveng.* »

« Il reste encore un détail à régler, dis-je. Il est capital que tu sois déguisé. Pantaloon, ou encore le portier, par exemple, ne doivent pas pouvoir t'identifier par la suite. Il faudra que tu portes une fausse moustache.

– Et toi ?

– Pas nécessaire. Je resterai assis dans la voiture. Ils ne me verront pas. »

Nous entrâmes dans une boutique de farces et attrapes, où nous achetâmes pour George une superbe moustache noire, un bel objet aux longs bouts effilés, enduit de cire, raide et luisant. Quand il la tint devant son visage, il me fit immédiatement penser au kaiser d'Allemagne. Le marchand nous vendit aussi un tube de colle et nous montra comment on fixait la moustache à la lèvre supérieure. « Alors, comme ça, on va s'amuser un peu avec les enfants ? demanda-t-il. » A quoi George répondit : « Exactement. »

Tout était prêt désormais ; cependant il nous restait un bon moment à attendre. A nous deux nous n'avions plus que trois dollars, avec lesquels nous nous achetâmes chacun un sandwich et allâmes au cinéma. Puis, à onze heures du soir, nous prîmes livraison de la voiture et commençâmes à rouler lentement dans les rues de New York, histoire de tuer le temps.

« Tu ferais mieux de mettre ta moustache, pour t'y habituer tout de suite. »

Nous nous garâmes sous un réverbère ; je mis un peu de colle sur la lèvre supérieure de George, puis j'y fixai cette énorme chose velue aux extrémités effilées. Ensuite nous repartîmes. Il faisait froid dans la voiture, et dehors il recommençait à neiger. Je voyais quelques flocons traverser la lumière de mes phares. George n'arrêtait pas de demander : « Avec quelle violence dois-je le frapper ? », et à chaque fois je lui répondais : « Avec toute la violence dont tu es capable, et sur le nez. Il faut que ce soit sur le nez, parce que ça fait partie du contrat. Tout doit être exécuté à la perfection. Nos clients seront peut-être là pour observer la scène. »

À deux heures du matin, nous longeâmes à vitesse très réduite l'entrée du Penguin Club, de manière à inspecter la situation. « Je stationnerai ici, dis-je, juste après l'entrée, dans ce bout de rue qui n'est pas éclairé. Mais je garderai la portière ouverte pour toi. »

Nous nous remîmes à rouler. Puis George me demanda : « À quoi ressemble-t-il ? Comment saurai-je que c'est lui ?

– Ne t'inquiète pas, répondis-je. J'ai pensé à ca. » Et je sortis de ma poche un morceau de papier que je lui tendis. « Tu prends ça, tu le plies plusieurs fois, tu le donnes au portier et tu lui dis de le faire remettre de toute urgence à Pantaloon. Fais semblant d'avoir une frousse mortelle et d'être terriblement pressé. Il y a quatre-vingt-dix-neuf chances sur cent pour que Pantaloon sorte. Aucun chroniqueur ne pourrait résister à un message de ce genre. »

Sur le papier j'avais écrit : *« Je suis un employé du consulat d'U.R.S.S. Venez à la porte tout de suite, je vous en supplie, j'ai des révélations à vous faire, mais venez vite car je suis en danger. Je ne peux pas entrer pour aller à votre rencontre. »*

« Tu comprends, dis-je, ta moustache te donnera l'apparence d'un Russe. Tous les Russes ont de grosses moustaches. »

George prit le papier, le plia de manière à le rendre tout petit, et le serra entre le pouce et l'index. Il était maintenant presque deux heures et demie du matin, et nous reprîmes la direction du Penguin Club.

« Paré ? demandai-je.

– Oui.

– Cette fois nous y allons. Nous voici arrivés. Je vais me garer juste un peu après l'entrée... ici. Frappe-le fort! » George ouvrit la portière et descendit de la voiture. Je refermai derrière lui, mais je me penchai et gardai la main sur la poignée, de manière à la réouvrir vivement en cas de nécessité ; je baissai également la vitre pour mieux observer. Je laissai le moteur tourner au ralenti.

Je vis George marcher d'un pas rapide jusqu'au portier, debout sous la marquise à rayures rouges et blanches qui s'étendait au-dessus du trottoir. Je vis le portier se tourner et dévisager George de la tête aux pieds ; la façon dont il l'examina ne me plut guère. C'était un homme de grande taille et manifestement imbu de sa personne, vêtu d'un bel uniforme bordeaux garni d'épaulettes et de boutons dorés, dont le pantalon s'ornait d'une large bande blanche le long de chaque jambe. Il portait également des gants blancs, et il restait là à regarder George d'un air fier et méprisant, fronçant les sourcils et serrant les lèvres avec dédain. Il semblait s'intéresser de fort près à la moustache de George, et je songeai : Oh, mon Dieu, nous en avons trop fait. Nous avons exagéré son déguisement. Il va s'apercevoir qu'elle est fausse, il va saisir entre ses doigts l'une des longues extrémités pointues, il va tirer sèchement et elle se détachera. Mais il ne le fit pas. Son attention fut détournée par les simagrées de George, car George se comportait en véritable acteur professionnel. Il dansait d'un pied sur l'autre, se tordait les mains puis les agitait en l'air, balançait son corps massif et secouait la tête et je l'entendais implorer : « Zifouplaît zifouplaît zifouplaît, vaites fite. Z'est une quesdion de fie ou de mort. Zifouplaît zifouplaît, porrtez za fite à M. Pantaloon. » Son accent russe ne ressemblait à aucun de ceux que j'avais entendus jusque-là, mais au demeurant sa voix avait les intonations d'un authentique désespoir.

Pour finir, gravement et toujours avec fierté, le portier articula : « Donnez-moi ce papier. » George le lui remit en disant : « Merzi, merzi, mais tites pien que z'est urchent. » Le portier disparut à l'intérieur. Il revint quelques instants plus tard et déclara : « Quelqu'un le lui remet en ce moment même. » George commença à marcher nerveusement de long en large. J'attendis, les yeux fixés sur la porte. Trois ou quatre minutes s'écoulèrent. George se tordit les mains et supplia : « Où esd-il ? Où esd-il ? Zifouplaît allez foir bourquoi il ne fient pas !

– Mais enfin, qu'est-ce que vous avez donc ? » s'exclama le portier. À présent il examinait de nouveau la moustache de George.

« Z'est une quesdion de fie ou de mort ! M. Pantaloon peut m'aider ! Il doit fenir !

– Vous ne voudriez pas la fermer un peu ? » rétorqua le portier. Néanmoins il retourna ouvrir la porte, passa la tête à l'intérieur, et je l'entendis marmonner quelques mots.

Il revint vers George et déclara : « On me dit qu'il arrive tout de suite. »

Un moment plus tard la porte s'ouvrit et Pantaloon en personne, un petit bonhomme sémillant et tiré à quatre épingles, apparut. Il s'arrêta près de la porte, regardant vivement d'un côté puis de l'autre, tel un furet nerveux et à l'affût. Le portier porta la main à sa casquette et montra du doigt George. J'entendis Pantaloon demander : « Alors, qu'est-ce que vous voulez ? »

George lui dit : « Zifouplaît, fenez bar izi, à l'apri des oreilles intiscrètes. » Il força Pantaloon à le suivre sur le trottoir, l'éloignant du portier et le rapprochant de la voiture.

« Allons, maintenant dites-moi ce que vous voulez », répéta Pantaloon.

Brusquement George cria « Regardez ! », en montrant le bout de la rue. Pantaloon tourna la tête, et à cet instant précis George leva le bras droit et le frappa en plein sur l'arête du nez. Je vis George se pencher en avant dans le mouvement, pour taper avec tout le poids de son corps, et la silhouette entière de Pantaloon parut se soulever légèrement du sol, et reculer ainsi de presque un mètre, comme en suspension dans les airs, jusqu'au moment où la façade du Penguin Club l'arrêta. Tout cela se passa très vite : une seconde plus tard George était dans la voiture à côté de moi, je démarrai et fonçai à toute allure, tandis que derrière nous le portier s'époumonait en pure perte à grands coups de sifflet.

« On a réussi ! haleta George, excité et hors d'haleine. Je l'ai frappé bougrement fort, hein ? Tu as vu comme je l'ai frappé fort ? »

La neige tombait à présent en flocons de plus en plus serrés ; je conduisais vite et prenais de nombreux virages sur l'aile. J'étais sûr que personne ne nous rattraperait au milieu de cette tempête de neige.

« Ce foutu crétin, il a bien failli traverser le mur tellement je l'ai frappé fort !

– Bien joué, George, approuvai-je. Du beau travail, George.

– Et tu l'as vu se soulever de terre ? Tu as vu comme il s'est mis à planer dans les airs ?

– Womberg sera rudement content, répondis-je.

– Et Gollogly aussi, et cette femme du nom de Hines.

– Ils seront tous contents, repris-je. Tu vas voir le fric qui va rentrer.

– Il y a une voiture derrière nous ! cria soudain George. Elle nous suit ! Elle se rapproche ! Ce type conduit comme un fou !

– Impossible, répliquai-je. Ils ne peuvent pas avoir

déjà retrouvé notre trace. Ce n'est qu'une autre voiture qui va son chemin. » Je tournai vivement à droite.

« Il est toujours là, dit George. Continue de tourner. Nous aurons vite fait de le semer.

– Comment diable pouvons-nous semer une voiture de police avec une vieille Chevrolet de 1934 ? répondis-je. Je vais m'arrêter.

– Non, continue ! cria George. Tu te débrouilles à merveille.

– Je vais m'arrêter, répétai-je. Ça ne les rendra que plus furieux si je continue. »

George protesta farouchement, mais je savais que sa solution n'était pas la bonne, et je me rangeai contre la bordure du trottoir. L'autre voiture fit une embardée, nous dépassa et s'immobilisa en patinant devant nous.

« Vite ! dit George. Fichons le camp ! » Il avait ouvert la portière, et était prêt à s'enfuir à toutes jambes.

« Ne fais pas l'idiot, dis-je. Reste où tu es. Tu ne peux plus filer maintenant. »

Une voix sonore nous parvint de l'extérieur : « Alors, les gars, on est un peu pressés ?

– Oh, non, pas vraiment, répondis-je. Nous rentrons simplement chez nous.

– Ah ouais ?

– Euh, oui, nous rentrons chez nous maintenant, voilà tout. »

L'homme passa la tête par la vitre située de mon

côté ; son regard se porta sur moi, puis sur George, puis de nouveau sur moi.

« C'est une sale nuit, dit George. Nous essayons seulement de rentrer chez nous avant que les rues ne soient complètement couvertes de neige.

– Eh bien, articula l'homme, vous pouvez rouler en toute tranquillité. Je tenais juste à vous remettre ceci tout de suite. » Il laissa tomber sur mes genoux une liasse de billets de banque. « Je m'appelle Gollogly, ajouta-t-il. Wilbur H. Gollogly. » Et il resta là debout dans la neige, nous adressant un large sourire, tapant des pieds et se frottant les mains pour se réchauffer. « J'ai reçu votre télégramme et j'ai observé toute la scène de l'autre côté de la rue. Vous avez fait un excellent travail. Je vous paie double tarif. Ça valait bien ça. Le spectacle le plus marrant que j'aie jamais vu ! Allez, au revoir, les gars. Mais faites gaffe, hein ? Vous serez recherchés maintenant. Si j'étais vous je quitterais la ville. Au revoir. » Et, sans nous laisser le temps de répondre, il avait déjà disparu.

Lorsque enfin nous fûmes de retour dans notre chambre, j'entrepris immédiatement de faire les bagages.

« Tu es fou ? s'exclama George. Nous n'avons qu'à attendre quelques heures, et nous recevrons cinq cents dollars à la fois de Womberg et de Claudia Hines. Ça nous fera alors deux mille dollars en tout, et avec ça nous pourrons aller partout où nous voudrons. »

Nous passâmes donc le lendemain à attendre dans notre chambre et à lire les journaux. L'un d'eux titrait sur une colonne entière, en première page : « Un célèbre chroniqueur mondain sauvagement agressé. » Et effectivement le courrier de l'après-midi nous apporta deux lettres, contenant chacune cinq cents dollars .

Nous avons pris un train de luxe, et en ce moment même, confortablement assis dans une voiture pullman et buvant du whisky, nous nous dirigeons vers le sud, vers un endroit où le soleil brille toute l'année et où il y a chaque jour des courses de chevaux. Nous sommes immensément riches, et George ne cesse d'affirmer que si nous plaçons la totalité de nos deux mille dollars sur un cheval à dix contre un, nous allons cette fois gagner vingt mille dollars et nous pourrons prendre notre retraite. « Nous posséderons une propriété à Palm Beach, dit-il, et nous donnerons des réceptions somptueuses. De belles jeunes femmes de la haute société prendront nonchalamment des bains de soleil autour de notre piscine, en sirotant des rafraîchissements ; et au bout d'un certain temps nous placerons peut-être une nouvelle somme sur un autre cheval, et nous deviendrons encore plus fabuleusement riches. Il est possible que dans ce cas nous finissions par nous fatiguer de Palm Beach et que nous nous mettions à parcourir le monde selon notre bon plaisir, en visitant les lieux de prédilection des gens fortunés. Monte-Carlo, et d'autres villes du même genre. Comme l'Aga Khan et le duc de Windsor. Nous deviendrons des membres éminents de la jet société internationale, les vedettes de cinéma nous souriront, les maîtres d'hôtel nous feront mille courbettes, et peut-être, dans l'avenir, peut-être même que nos noms seront cités dans la chronique de Lionel Pantaloon !

– Ça serait quelque chose, ça ! dis-je.

– Hein, tu te rends compte! répond-il joyeusement. Tu ne trouves pas que ce serait un joli petit exploit ! »

Le maître d'hôtel

Aussitôt que George Cleaver eut gagné un million de livres, sa femme et lui quittèrent leur petite villa de la banlieue pour s'installer dans une élégante maison de Londres. Ils engagèrent un cuisinier français nommé M. Estragon, et un maître d'hôtel anglais qui s'appelait Tibbs. Ces deux experts leur coûtèrent une fortune, mais grâce à eux les Cleaver entreprirent de gravir les degrés de l'échelle sociale et de donner des dîners absolument princiers plusieurs fois par semaine.

Cependant ces dîners ne semblaient jamais réussir tout à fait. Ils manquaient d'animation, aucune étincelle ne venait donner du brillant à la conversation, tout cela restait dépourvu de chic et de distinction. Pourtant, les plats étaient succulents et le service impeccable.

« Qu'est-ce donc qui cloche dans nos dîners, que diable, Tibbs ? demanda M. Cleaver à son maître d'hôtel. Pourquoi nos invités restent-ils toujours crispés, au lieu de se détendre et de se laisser aller ? »

Tibbs inclina la tête d'un côté et regarda le plafond. « J'espère, monsieur, que vous ne vous offenserez pas si je vous fais part d'une petite suggestion.

– De quoi s'agit-il ?

– C'est à cause du vin, monsieur.

– Eh bien, qu'est-ce qu'il a, ce vin ?

– C'est-à-dire, monsieur, que M. Estragon prépare une cuisine superbe. Des plats aussi raffinés doivent être accompagnés par des crus de très grande qualité. Mais vous vous contentez de servir du vin rouge espagnol, bon marché et parfaitement détestable.

– Alors pourquoi, au nom du ciel, ne me l'avez-vous pas dit plus tôt, bougre d'imbécile ? s'écria M. Cleaver. Je ne suis pas à court d'argent. Je vais leur offrir le meilleur vin du monde, si c'est tout ce qu'ils veulent ! Quel *est* le meilleur vin du monde ?

– Le bordeaux, monsieur, répondit le maitre d'hôtel, celui des plus grands châteaux du Bordelais : lafite, latour, haut-brion, margaux, mouton-rothschild et cheval blanc. Et seulement les bouteilles des meilleurs millésimes, qui sont, à mon avis, 1906, 1914, 1929 et 1945. Le cheval blanc a aussi été superbe en 1895 et 1921, et le haut-brion en 1906.

– Achetez-les tous ! ordonna M. Cleaver. Remplissez-moi la cave de bas en haut.

– Je puis essayer, monsieur, répondit le maître d'hôtel. Mais les vins de ce type sont excessivement rares et coûtent des sommes considérables.

– Qu'à cela ne tienne, je m'en fiche pas mal ! dit M. Cleaver. Sortez me les acheter immédiatement ! »

La chose était plus facile à dire qu'à faire. Nulle part en Angleterre ni en France Tibbs ne trouva des vins de 1895, 1906, 1914 ou 1921. Mais il parvint quand même à mettre la main sur quelques bouteilles de 1929 et de 1945. Les factures concernant ces vins furent astronomiques. En fait, elles se montaient à des sommes si énormes que même M. Cleaver s'en montra étonné et les examina de plus près. Néanmoins cela ne refroidit nullement son intérêt, qui se transforma vite en un authentique enthousiasme lorsque le maître d'hôtel lui laissa entendre qu'une bonne connaissance des vins constituait un atout très précieux dans la vie sociale. M. Cleaver acheta des livres sur le sujet et les lut de la première à la dernière page. Il apprit également beaucoup de Tibbs lui-même, qui lui enseigna, entre autres choses, la vraie manière de goûter convenablement un vin. « En premier lieu, monsieur, vous le humez longuement et profondément, en plaçant les narines bien contre le bord du verre, comme ceci. Puis vous en prenez une gorgée, et vous écartez un tout petit peu les lèvres pour aspirer de l'air, que vous faites barboter à travers le vin. Regardez comment j'effectue cette opération. Ensuite vous faites tourner le vin vigoureusement tout autour de votre bouche. Et pour finir vous l'avalez. »

M. Cleaver ne tarda guère à se considérer comme un expert en vins, et par la force des choses il devint un personnage fantastiquement assommant. « Mesdames et messieurs, proclamait-il au milieu du dîner en levant son verre, ceci est un margaux de 1929 ! La meilleure année du siècle ! Un bouquet extraordinaire ! On y détecte un délicieux parfum de primevères ! Et remarquez surtout l'arrière-goût, voyez comme cette minuscule trace de tanin lui donne son côté merveilleusement astringent ! Admirable, n'est-ce pas ? »

Les invités acquiesçaient, buvaient une gorgée et marmonnaient quelques vagues compliments, mais cela s'arrêtait là.

« Qu'est-ce qu'ils ont donc, ces imbéciles heureux ? demanda M. Cleaver à Tibbs quand ce manège eut duré un certain temps. Est-ce qu'aucun d'entre eux n'est capable d'apprécier un grand vin ? »

Le maître d'hôtel inclina la tête de côté, et leva les yeux en l'air. « Je pense qu'ils *seraient* capables de l'apprécier, monsieur, déclara-t-il, si seulement ils pouvaient le goûter. Mais ils ne le peuvent pas.

– Que diable me chantez-vous là, ils ne peuvent pas le goûter ?

– Il me semble, monsieur, que vous avez recommandé à M. Estragon de ne pas hésiter à mettre une certaine quantité de vinaigre dans l'assaisonnement de la salade.

– Quel mal y a-t-il à cela ? J'aime le vinaigre.

– Le vinaigre, affirma le maître d'hôtel, est l'ennemi du vin. Il détruit le palais. L'assaisonnement devrait se composer d'huile d'olive vierge et d'un peu de jus de citron. Rien d'autre.

– Vous me racontez des sornettes ! s'exclama M. Cleaver.

– Comme vous voudrez, monsieur.

– Je le répète, Tibbs, vous me racontez des sornettes. Le vinaigre ne m'a jamais détruit le palais le moins du monde.

– Vous avez beaucoup de chance, monsieur », murmura le maître d'hôtel, sortant à reculons de la pièce.

Ce soir-là, au dîner, l'hôte commença à tourner en dérision son maître d'hôtel devant ses invités. « M. Tibbs, dit-il, a essayé de m'expliquer que je ne peux pas goûter mon vin si je mets du vinaigre dans l'assaisonnement de la salade. Exact, Tibbs ?

– Oui, monsieur, répondit Tibbs d'un ton grave.

– Et je lui ai répliqué qu'il me débitait des sornettes. Pas vrai, Tibbs ?

– Oui, monsieur,

– Ce vin, poursuivit M. Cleaver en levant son verre, a pour moi exactement le goût d'un château-lafite de 1945, et, j'ajoute que *c'est* un château-lafite de 1945. »

Tibbs, le maître d'hôtel, se tenait très raide et immobile près du buffet, le visage blanc comme un linge. « Si vous voulez bien me pardonner, monsieur, articula-t-il, ce n'est pas un château-lafite de 1945. »

M. Cleaver pivota vivement dans son fauteuil et fixa sur son maître d'hôtel des yeux exorbités. « Que diable voulez-vous dire ? s'écria-t-il. Les bouteilles vides sont là, à côté de vous, pour le prouver ! »

Ces grands bordeaux très âgés, contenant beaucoup de lie, étaient toujours décantés par Tibbs avant le dîner. Ils étaient servis dans des carafes de cristal, tandis que les bouteilles vides, selon la tradition, restaient exposées sur le buffet. En ce moment précis, deux bouteilles vides de château-lafite 1945 trônaient sur le buffet, bien en vue de tout le monde.

« Le vin que vous buvez, monsieur, continua tranquillement le maître d'hôtel, n'est autre que du gros rouge espagnol bon marché et parfaitement détestable. »

M. Cleaver regarda son verre, puis le maître d'hôtel. Le sang lui montait maintenant au visage, et sa peau prenait une teinte écarlate. « Vous mentez, Tibbs ! cria-t-il.

– Non, monsieur, je ne mens pas, répondit celui-ci. En fait, depuis que je suis ici, je ne vous ai jamais servi d'autre vin que ce gros rouge espagnol. Il semblait vous convenir à merveille.

– Ne le croyez pas ! hurla M. Cleaver à ses invités. Cet homme a perdu l'esprit !

– Les grands vins, poursuivit imperturbablement le maître d'hôtel, exigent d'être traités avec révérence. Il est déjà assez grave de se détruire le palais avec trois ou quatre apéritifs avant le dîner, comme vous le faites vous autres, mais si par-dessus le marché vous arrosez vos plats de vinaigre, alors vous feriez aussi bien de boire de l'eau de vaisselle. »

Les dix personnes attablées se tournèrent vers le maître d'hôtel et le fixèrent d'un air outragé. Il les avait prises totalement au dépourvu. Elles en restaient sans voix.

« Ceci, reprit le maître d'hôtel, tendant le bras et caressant amoureusement du bout des doigts une bouteille vide, ceci est la toute dernière du millésime 1945. Celles de 1929 sont déjà terminées depuis longtemps. Mais c'étaient des vins magnifiques. M. Estragon et moi-même avons pris un plaisir immense à les déguster. »

Le maître d'hôtel s'inclina et quitta la pièce d'une démarche lente et mesurée. Il traversa le hall d'entrée et sortit, par la grand-porte de la maison, dans la rue où M. Estragon chargeait déjà leurs valises à l'arrière de la petite voiture qu'ils possédaient en commun.

DU MÊME AUTEUR

Aux Éditions Gallimard

BIZARRE ! BIZARRE !

KISS KISS.

LA GRANDE ENTOURLOUPE.

MON ONCLE OSWALD.

L'HOMME AU PARAPLUIE et autres nouvelles.

LA PRINCESSE ET LE BRACONNIER.

Gallimard Jeunesse

LE DOIGT MAGIQUE (Enfantimages et Folio cadet). *Illustrations de Henri Galeron.*

L'ÉNORME CROCODILE (Folio benjamin et Albums jeunesse). *Illustrations de Quentin Blake.*

CHARLIE ET LA CHOCOLATERIE (Folio junior). *Illustrations de Henri Galeron.*

CHARLIE ET LE GRAND ASCENSEUR DE VERRE (Folio junior). *Illustrations de Henri Galeron.*

LES DEUX GREDINS (Folio junior). *Illustrations de Quentin Blake.*

FANTASTIQUE MAÎTRE RENARD (Folio cadet). *Illustrations de Jill Bennett.*

JAMES ET LA GROSSE PÊCHE (Folio junior). *Illustrations de Henri Galeron.*

L'ENFANT QUI PARLAIT AUX ANIMAUX et autres nouvelles (Folio junior). *Illustrations de Morgan.*

LA POTION MAGIQUE DE GEORGES POUILLON (Folio junior). *Illustrations de Quentin Blake.*

UN CONTE PEUT EN CACHER UN AUTRE (Albums jeunesse). *Illustrations de Quentin Blake.*

LE BON GROS GÉANT (Folio junior). *Illustrations de Quentin Blake.*

SALES BÊTES (Folio cadet). *Illustrations de Quentin Blake.*

MOI, BOY (1000 Soleils et Folio junior). *Illustrations de l'auteur.*

LA GIRAFE, LE PÉLICAN ET MOI (Albums jeunesse). *Illustrations de Quentin Blake.*

LE CYGNE – LA MERVEILLEUSE HISTOIRE D'HENRY SUGAR (Folio junior). *Illustrations de Claude Lapointe et William Geldart.*

SACRÉES SORCIÈRES (Folio junior et 1000 Soleils). *Illustrations de Quentin Blake.*

ESCADRILLE 80 (Folio junior et 1000 Soleils). *Illustrations de l'auteur.*

MATILDA (Folio junior). *Illustrations de Quentin Blake.*

UN AMOUR DE TORTUE (Albums jeunesse). *Illustrations de Quentin Blake.*

LES MINUSCULES (Albums jeunesse). *Illustrations de Patrick Benson.*

Dans la collection Folio bilingue

THE PRINCESS AND THE POACHER / LA PRINCESSE ET LE BRACONNIER, n°9.

Composition Traitext.
Impression Bussière à Saint-Amand (Cher),
le 17 mars 1993.
Dépôt légal : mars 1993.
Numéro d'imprimeur : 793.
ISBN 2-07-038720-8./Imprimé en France.

63909